## 校本教材编委会

**主　任：** 阚学章

**副主任：** 胡迎秋　刘晓峰　余　宏　朱可苏　李　彦　孟祥彬

**委　员：** 任洪臣　苑志慧　叶冬波　杨志悦　柳冬菊　王兆龙　刘　宇　蔡福民　胡国君　周俊龙　高馥岚　李春莲　霍　旺

## 本书编写人员

**主　编：** 阚学章　刘晓峰

**副主编：** 叶冬波　孙秀萍　韩凤琴

**编　委：** 李春莲　贾春旭　霍　旺　辛艳春　戚志宏　崔冬梅　杨喜婷　王长玲　武冬玲　姜　璐　陈春霞　尹建佳　郭振富　隋艳秋　高　音　温莹莹　赵锦佳　吴　涛　张泽平

# 前言

一个国家的语言文字是表达和传递其文化魅力和民族凝聚力的重要载体。中国语言文字有着无穷的魅力，它是传承和弘扬中华优秀传统文化、培养文化自信的基石。习近平总书记指出，中华优秀传统文化积淀着中华民族最深层的精神追求，是中华民族的生存之本、精神之魂，是社会主义核心价值观最深厚的文化基因、精神纽带和价值源泉。2018年9月，教育部、国家语委印发了《中华经典诵读工程实施方案》，明确表示要加强中华传统经典诵读教材、读本等基础资源建设，支持各地开发中华经典地方课程、校本课程。佳木斯市第一中学作为国家首批语言文字推广基地和首批教育培训类项目《普通高中经典诵读校本课程体系建设》（项目批准号20JDYB06）承担学校，特组织专门人员编写经典诵读校本课程教材《雅言咏传》。

本书分为“古代作品诵读指导”“现当代作品诵读指导”和“红色经典诵读指导”三个部分，所选作品力求较为全面地展示中华优秀传统文化、革命文化和社会主义先进文化。本书编写得到了鞠云河、王明远、孙代君等本土作家的大力支持。书中的古代作品诵读指导部分选取先秦至清代的经典作品，现当代作品诵读指导部分选取新文化运动以来的经典作品，红色经典诵读指导部分选取具有典型性、代表性和鲜明地域特征的优秀革命文化作品。诵读这些作品，学生可以感受到中国语言文字之精美、中华文化之深邃、中华民族之大智慧以及新中国成立之不易。诵读中华经典篇章，能够为学生的人生打下鲜明的中国底色，培养其做具有世界眼光、民族精神的堂堂中国人。

教育部国家语言文字推广基地建设一般项目成果（项目批准号 20JDYB06）

# 雅言咏传

佳木斯市第一中学编写组◎编著

天津大学出版社
TIANJIN UNIVERSITY PRESS

图书在版编目（CIP）数据

雅言咏传 / 佳木斯市第一中学编写组编著 . -- 天津 : 天津大学出版社，2021.11
ISBN 978-7-5618-7078-5

Ⅰ . ①雅… Ⅱ . ①佳… Ⅲ . ①文学－作品综合集－中国 Ⅳ . ① I211

中国版本图书馆 CIP 数据核字 (2021) 第 214835 号

策划编辑 黎恋恋
责任编辑 黎恋恋
装帧设计 魏 彬 逸 凡

出版发行 天津大学出版社
地　　址 天津市卫津路 92 号天津大学内（邮编：300072）
电　　话 022-27403647
网　　址 www.tjupress.com.cn
印　　刷 北京盛通印刷股份有限公司
经　　销 全国各地新华书店
开　　本 185mm×260mm
印　　张 12.25
字　　数 240 千
版　　次 2021 年 11 月第 1 版
印　　次 2021 年 11 月第 1 次
定　　价 32.00 元

# 目录

## 古代作品诵读指导



## 现当代作品诵读指导

## 红色经典诵读指导

# 目录



## 校园创作



雅言咏传

# 古代作品诵读指导

# 九歌·国殇[1]

屈 原

操吴戈兮被犀甲[2]，车错毂兮短兵接[3]。
旌蔽日兮敌若云[4]，矢交坠[5]兮士争先。
凌[6]余阵兮躐[7]余行[8]，左骖殪兮右刃伤[9]。
霾两轮兮絷四马[10]，援玉枹兮击鸣鼓[11]。
天时怼[12]兮威灵[13]怒，严杀尽兮弃原野[14]。
出不入兮往不反[15]，平原忽[16]兮路超远[17]。
带长剑兮挟秦弓[18]，首身离[19]兮心不惩[20]。
诚[21]既勇兮又以[22]武[23]，终[24]刚强兮不可凌。
身既死兮神以灵[25]，子魂魄兮为鬼雄[26]！

## 注 释

1 国殇：指为国捐躯的人。殇：指未成年而死，也指死难的人。

2 操吴戈兮被（pī）犀甲：手里拿着吴国的戈，身上披着犀牛皮制作的甲。吴戈：吴国制造的戈，当时吴国的冶铁技术较先进，吴戈因锋利而闻名。被，通“披”，穿着。犀甲：犀牛皮制成的铠甲，特别坚硬。

3 车错毂（gǔ）兮短兵接：敌我双方战车交错，彼此短兵相接。毂：车轮的中心部分，有圆孔，可以插轴，这里泛指战车的轮轴。错：交错。短兵：指刀剑一类的短兵器。

4 旌蔽日兮敌若云：旌旗遮蔽日光，敌兵像云一样涌上来。极言敌军之多。

5 矢交坠：两军相射的箭纷纷坠落在阵地上。

6 凌：侵犯。

7 躐（liè）：践踏。

8 行：行列。

9 左骖（cān）殪（yì）兮右刃伤：左边的骖马倒地而死，右边的骖马被兵刃所伤。殪：死。

10 霾（mái）两轮兮絷（zhí）四马：战车的两个车轮陷进泥土被埋住，四匹马也被绊住了。霾：通“埋”。古代作战，在激战将败时，埋轮缚马，表示坚守不退。

11 援玉枹（fú）兮击鸣鼓：手持镶嵌着玉的鼓槌，击打着声音响亮的战鼓。先秦作战，主将击鼓督战，以旗鼓指挥进退。枹：鼓槌。鸣鼓：很响亮的鼓。

12 天时怼：指上天都怨恨。天时：上天际会，这里指上天。怼：恨，一本作“坠”。

13 威灵：威严的神灵。

14 严杀尽兮弃原野：在严酷的厮杀中战士们全都死去，他们的尸骨被丢弃在旷野上。严杀：严酷的厮杀。一说严壮，指士兵。尽：皆，全都。

15 出不入兮往不反：出征以后就不打算生还。反：通“返”。

16 忽：渺茫，不分明。

17 超远：遥远无尽头。

18 秦弓：指良弓。战国时，秦地木材质地坚实，制造的弓射程远。

19 首身离：指壮烈牺牲。

20 心不惩：壮心不改，勇气不减。惩：戒惧，悔恨。

21 诚：诚然，确实。

22 以：且，连词。

23 武：指武艺高强。

24 终：始终。

25 神以灵：指精神长存，英灵不泯。神：指精神。

26 子魂魄兮：一作“魂魄毅兮”。鬼雄：战死了，魂魄不死，即使做了鬼，也要成为鬼中的豪杰。

## 阅读鉴赏

《九歌》是一组祭歌，共11篇，是屈原据民间祭神乐歌的再创作。《九歌·国殇》取民间“九歌”之祭奠之意，以哀悼死难的爱国将士，追悼和礼赞为国捐躯的楚国将士的亡灵。

诗歌分为两节。前十句为第一节，描写在一场短兵相接的战斗中，楚国将士拼死抗敌的壮烈场面。由“旌蔽日兮敌若云”一句可知，这是一场敌众我寡的殊死战斗。当敌人来势汹汹，冲乱楚军的战阵，欲长驱直入时，楚军将士仍个个奋勇争先。但见战阵中有一辆主战车冲出，这辆原有四匹马拉的大车，左外侧的骖马已中箭倒毙，右外侧的骖马也被砍伤，但它的主人——楚军统帅，仍毫无惧色，他将战车的两个轮子埋进土里，勒住马缰，反而举槌擂响了进军的战鼓。一时战气萧杀，引得苍天也跟着威怒起来。待杀气散尽，战场上只留下一具具尸体，静卧荒野。

后八句是诗歌的第二节。诗人以饱含情感的笔触讴歌死难将士。他们自披上战甲之日起，便不再想全身而返，此刻他们紧握兵器，安详、心无怨悔地躺在那里，诗人简直不能抑制自己的情绪。他对这些将士满怀敬爱，正如他常用美人、香草指代美好的人和事一样，在诗篇中，他也同样用一切美好的事物来修饰笔下的人物。这些神勇的将士，操的是吴地出产的以锋利闻名的戈、秦地出产的以强劲闻名的弓，披的是犀牛皮制的盔甲，拿的是有玉嵌饰的鼓槌，他们生是人杰，死为鬼雄，气贯长虹，英名永存。

依现存史料尚不能明确这次战争发生的具体时间、地点，以及敌对一方为谁。但楚国始终面临七国中实力最强的秦国的威胁，自楚怀王当政以来，楚国与强秦有过数次较大规模的战争，并且大多数是楚国抵御秦军入侵的。从这一基本史实出发，说此篇是写楚军抗击强秦入侵的，大概没有问题。而在这种抒写中，作者那热爱家国的炽烈情感被表现得淋漓尽致。

作为中华民族贡献给人类的第一位伟大诗人，屈原所写的绝不仅仅是个人的些许悲欢，他奉献给人们的是那颗炽热的爱国之心。他是楚国人民的喉管，他所写的一系列作品，道出了楚国人民热爱家国的心声。

**▌诵读指导▌**

诗歌在第一节前十句中详细描写了战斗的过程，朗读时节奏应缓慢、语气凝重，犹如缓缓拉过的特写镜头，让听者可以留出时间感受楚国将士拼死抗敌的壮烈场面，细细打量将士，可以将视线由长剑移到秦弓，从不屈的身体移到断离的头颅，由牺牲时的外部面貌深入到他们的内心。

第二节后八句中，诗人以饱含情感的笔触讴歌死难的将士，朗读时应该声调高亢、感情饱满，体现沉痛兼敬佩的情感。“首身离兮心不惩”“终刚强兮不可凌”“身既死兮神以灵，子魂魄兮为鬼雄”这几句情感热烈饱满，逐渐蓄积，结尾两句是敬佩、赞叹之情的大爆发，是全诗的最高潮，要用更激昂坚定的语调诵读。

（指导教师　姜璐）

# 破阵子[1]

李 煜

四十年[2]来家国，三千里地山河。凤阁龙楼[3]连霄汉[4]，玉树琼枝[5]作烟萝[6]，几曾识干戈[7]？

一旦归为臣虏，沈腰潘鬓[8]消磨。最是仓皇辞庙[9]日，教坊犹奏[10]别离歌，垂泪[11]对宫娥。

注 释

1 破阵子：词牌名。

2 四十年：南唐自建国至李煜作此词，为三十八年。此处四十年为概数。

3 凤阁龙楼：指帝王居所。凤阁，别作“凤阙”。

4 霄汉：天河。

5 玉树琼枝：别作“琼枝玉树”，形容树的美好。

6 烟萝：形容树枝叶繁茂，如同笼罩着雾气。

7 识干戈：经历战争。识，别作“惯”。干戈：武器，此处指代战争。

8 沈腰潘鬓：沈指沈约，《南史·沈约传》：“言已老病，百日数旬，革带常应移孔。”后用沈腰指代人日渐消瘦。潘指潘岳，潘岳曾在《秋兴赋》序中云：“余春秋三十有二，始见二毛。”后以潘鬓指代中年白发。

9 辞庙：辞，离开。庙，宗庙，古代帝王供奉祖先牌位的地方。

10 犹奏：别作“独奏”。

11 垂泪：别作“挥泪”。

## 阅读鉴赏

此词上片写南唐曾有的繁华，建国四十年，国土三千里地，楼阁高耸入云霄，庭内花繁树茂。这片繁荣的土地，何尝经历过战乱的侵扰？几句话，看似只是平平无奇的写实，但却饱含了对故国的自豪与留恋。“几曾识干戈”更抒发了自责与悔恨之情。下片写国破。“一旦”二字承上片“几曾”之句意，笔锋一叠，而悔恨之意更甚。终有一天国破家亡，人不由得消瘦苍老，尤其是拜别祖先的那天，匆忙之中，偏偏又听到教坊里演奏别离的曲子，又增伤感，不禁面对宫女恸哭垂泪。

“沈腰”暗喻自己像沈约一样，腰瘦得皮革腰带常常移孔，而“潘鬓”则暗喻词人像潘岳一样，年纪不到 40 岁鬓边就出现了白发。连着使用两个典故，突出词人内心的愁苦凄楚。古人说忧能伤人，亡国之痛，臣虏之辱，使得这个本就多愁善感的国君身心俱疲。

## 诵读指导

本词是南唐后主李煜降宋后的词作。全词由建国写到亡国，极盛转而极衰，极喜而后极悲。开头两句，两组数字排列开来，给人宏大之感，而“家国”二字似乎又颇含悲壮之情。“几曾识干戈”应读得轻且浅，似稚嫩儿童的呢喃之语，却将面对命运的无力感表现得淋漓尽致。

下片整体基调是痛苦悲伤的，应重读“一旦”“最是”“犹”，因为这几个词最能传达出那种悔恨之意。

（指导教师　辛艳春）

# 贺新郎[1]·九日[2]

刘克庄

湛湛[3]长空黑。更那堪、斜风细雨，乱愁如织。老眼平生空四海[4]，赖有高楼百尺[5]。看浩荡、千崖秋色。白发书生[6]神州泪，尽凄凉、不向牛山[7]滴。追往事，去无迹。

少年自负凌云笔[8]。到而今、春华落尽，满怀萧瑟。常恨世人新意少，爱说南朝狂客[9]。把破帽、年年拈出[10]。若对黄花孤负酒，怕黄花、也笑人岑寂[11]。鸿北去，日西匿[12]。

**注 释**

1 贺新郎：词牌名。此调始见苏轼词，原名“贺新凉”，因词中有“乳燕飞华屋，悄无人、桐阴转午，晚凉新浴”句，故名。

2 九日：指农历九月九日重阳节。

3 湛（zhàn）湛：深远的样子。

4 空四海：望尽了五湖四海。

5 高楼百尺：指爱国志士登临之所。

6 白发书生：指词人自己。

7 牛山：在山东临淄县南。

8 凌云笔：谓笔端纵横，气势干云。

9 南朝狂客：指孟嘉。晋孟嘉为桓温参军，尝于重阳节共登龙山，风吹帽落而不觉。

10 拈（niān）出：搬出来。

11 岑（cén）寂：高而静。

12 匿（nì）：隐藏。

## 阅读鉴赏

首三句先以“湛湛长空黑”烘托出胸中块垒，通过对昏黑的描写，表达出词人忧虑国事、痛心神州陆沉的感情。满天密布深黑的乌云，再加上阵阵斜风细雨，使人心乱如麻，愁思似织。“乱愁如织”点出全篇主旨。重阳本来是登高之佳节，由于风雨凄凄，只能登上高楼，放眼遥望千山万壑，浩荡秋色。但“千崖秋色”，寂寞凄凉，会使人泪水滂沱。“白发”四句直抒“老眼”登览之所感。“神州泪”说明词人是为神州残破沉沦的“往事”而极度伤心洒泪。“神州”二字曾在词人的词作中反复出现，说明收复中原是他念念不忘的头等大事。

“少年”三句遥接“老眼平生”，折笔追叙少年时代的豪兴与才情。但是目前却青春已逝，壮志成空，进一步突出了如今的家国之恨。“常恨世人”三句则有更深寄托。词人慨恨文士不顾国家多难，只想效法魏晋名士风流的狂客行径，每年在重阳节登高，总喜欢提起东晋孟嘉落帽的故事，称扬一番，毫无现实意义。“若对”两句是说自己这样的忧国志士，并不追慕魏晋风度，但对国破家亡的现状忧心如焚却又无能为力。词意至此急转直下，壮志未酬，词人在感愤之余，觉得自己既不能改变这种局面，在此佳节也只能赏黄花以遣怀，借酒浇愁了。“鸿北去”，目送飞鸿北去，抒发对故土的思恋。“日西匿”暗指南宋国势危殆，振兴无望。以天际广漠之景物作结，与首句呼应，意余言外。

本词上片写重阳节登高望远所引起的感喟，下片批评当时的文人只知搬弄典故的浮泛文风，表达出词人对国事和民生的关注。全词写景寓情，叙事感怀，以议论为主，借题发挥，感慨苍凉。主旋律是英雄失路融家国之恨的慷慨悲歌，意象凄瑟，既豪放，又深婉。

## 诵读指导

“贺新郎”这个词牌，适于抒写豪放的感情，诵读时要充分表现情感的变化。上片首句“湛湛长空”展现出开阔的空间，而用“黑”字描绘黄昏，显然是用夸张的笔法表述心情的沉重，要读得低沉。然后以“更那堪”为枢纽，转出“斜风细雨”，笔调忽转细腻，诵读时声调要随之降低，且语气舒缓。“乱愁如织”，比喻贴切，充满了低沉的情调。接下来的几句又以磅礴的气势扫荡了这种低沉。随后，在由“浩荡”转为“凄凉”的同时，立即用齐景公牛山滴泪的典故，反衬自己由于感慨神州陆沉而滴下的忧国之泪，其性质与程度是难以比况的，因此“凄凉”又立即转成了“悲壮”。

下片承“白发书生”进行发挥，从今昔对比中发出了深沉的叹息：“少年自负凌云笔”，主要是抒写自己少年时的豪情才气，朗读时应重读“凌云”以显其志；“到而今、春华落尽，满怀萧瑟”进一步突出如今的满怀家国之恨，朗读时应情绪饱满，含而不露，语调压抑低沉。后写饮酒，语颇颠狂，好像词句本身也浸透着几分醉态：赏花饮酒，聊以自慰。但是，萧瑟岑寂之感是破除不了的，朗读时要读出隐含着的悲凉情调。“鸿北去，日西匿”的结尾，写出天际广漠，与首句相呼应，留有无限余味，朗读时要语调颇缓，以抒深情。

（指导教师　辛艳春）

# 金错刀[1]行

**陆　游**

黄金错刀白玉[2]装，夜穿窗扉出光芒。
丈夫五十功未立，提刀独立顾八荒[3]。
京华[4]结交尽奇士[5]，意气[6]相期[7]共生死。
千年史册耻无名，一片丹心[8]报天子。
尔来[9]从军天汉滨[10]，南山[11]晓雪玉嶙峋[12]。
呜呼！楚虽三户能亡秦[13]，岂有堂堂中国空无人。

**注　释**

1 金错刀：用黄金装饰的刀。错，花纹。

2 白玉：白色的玉，亦指白璧。

3 八荒：指四面八方边远地区。

4 京华：京城之美称。因京城是文物、人才汇集之地，故称。这里指南宋京城临安（今杭州市）。

5 奇士：非常之士。德行或才智出众的人。

6 意气：豪情气概。

7 相期：期待，相约。这里指互相希望和勉励。

8 丹心：赤诚的心。

9 尔来：近来。

10 天汉滨：汉水边。这里指汉中一带。

11 南山：终南山，一名秦岭，在陕西省南部。

12 嶙峋：山石参差重叠的样子。

13“楚虽三户”句：意思是楚国即使只剩下三户人家，最后也一定能灭秦报仇。战国时，秦攻楚，占领了楚国不少地方。秦又假意与楚交好，骗楚怀王入秦，扣留不放，怀王死于秦国。楚人愤慨，流传楚南公之语，说楚国即使被秦摧残得只留下三户人家，灭秦的还一定是楚人。

## 阅读鉴赏

陆游生活在民族危机深重的时代。南宋国势衰微，恢复河山的大业屡屡受挫，抗金志士扼腕切齿。陆游年轻时就立下了报国志向，但无路请缨。他在年将五十时获得供职抗金前线的机会，亲自投身到火热的军旅生活中去，大大激发了心中蓄积已久的报国热忱。于是他借金错刀来述怀言志，抒发了誓死抗敌、报效国家的壮烈情怀。这种日月可鉴的爱国主义精神，是中华民族浩然正气的体现，永远具有鼓舞人心、催人奋起的巨大力量。

这是一首托物寄兴之作，在结构上具有由物及人、层层拓展的特点。全诗分三层。

第一层从开头到“提刀独立顾八荒”，从赋咏金错刀入手，引出提刀人渴望杀敌立功的“丈夫”形象。这里的“丈夫”，是一个爱国壮士的形象。孟子说：“富贵不能淫，贫贱不能移，威武不能屈，此之谓大丈夫。”这句话有助于理解“丈夫”的含义。诗句中所说的“功”，不能仅仅理解为陆游个人的功名，而是指恢复祖国河山。

第二层从“京华结交尽奇士”到“一片丹心报天子”，从提刀人扩展到“奇士”群体形象，抒发其共同的报国丹心。“一片丹心报天子”一句，有忠君的封建主义色彩，但在那时的历史条件下，“天子”与国家社稷难以分开，“报天子”即是报效国家，其积极意义仍应肯定。“京华结交尽奇士，意气相期共生死。”意即胸怀报国丹心的并非只有自己。隆兴初年，朝中主战派势力抬头，老将张浚重新被起用，准备北伐，陆游也受到张浚的推许。这些爱国志士义结生死，同仇敌忾，是抗金的中流砥柱。

第三层从“尔来从军天汉滨”到结束，联系眼前从军经历，揭示全诗题旨，表达了必胜信念，抒发了豪情壮志。

**通读指导**

本诗抒发了誓死抗敌、报效国家的壮烈情怀，充满了中华儿女的浩然正气，具有鼓舞人心、催人奋起的巨大力量。朗读时应注意情感的逐步蓄积，切忌从头至尾气高声满。

诗歌第一层从赋咏金错刀入手，引出“丈夫五十功未立”的喟叹，提刀四顾对杀敌立功的渴望，需要读得舒缓；第二层“意气相期共生死”的表白，“一片丹心报天子”的誓词，要读得坚定有力，语调稍激昂；第三层最后两句变换句式，先用叹词“呜呼”提唱，末句则用一气赶下的九字反诘句，“岂有堂堂中国空无人”，是对敌人的宣告与震慑，语调要更高亢，情感要饱满充沛，读出慑人的气势。

（指导教师　姜璐）

# 白马篇

曹　植

白马饰金羁[1]，连翩[2]西北驰。借问谁家子，幽并[3]游侠儿[4]。
少小去乡邑，扬声沙漠垂[5]。宿昔秉良弓，楛矢何参差[6]。
控[7]弦破左的[8]，右发摧[9]月支[10]。仰手接[11]飞猱[12]，俯身散马蹄。
狡捷过猴猿，勇剽[13]若豹螭[14]。边城多警急，虏[15]骑数[16]迁移。
羽檄[17]从北来，厉马[18]登高堤。长驱蹈[19]匈奴，左顾陵[20]鲜卑。
弃身锋刃端，性命安可怀[21]？父母且不顾，何言子与妻！
名编壮士籍，不得中[22]顾[23]私。捐躯赴国难，视死忽如归。

## 注 释

1 羁：马络头。

2 连翩：接连不断，这里形容轻捷迅急的样子。魏初西北方为匈奴、鲜卑等少数民族居住区，驰向西北即驰向边疆战场。

3 幽并：幽州和并州，即今河北、山西和陕西诸省的一部分地区。

4 游侠儿：重义轻生的青年男子。

5“少小”二句：青壮年时期即离开家乡，为保卫国家而扬名于边疆。扬，传扬。垂，边疆。

6“宿昔”二句：意思是说昔日良弓不离手，箭出尽楛矢。宿昔，昔时，往日。秉，持。楛（hù）矢，用楛木做箭杆的箭。何，多么。

7 控：引，拉开。

8 左的：左方的射击目标。

9 摧：毁坏。与下文的“散”（破裂），都有穿透之意。

10 月支：与“马蹄”都是射贴（箭靶）的名称。

11 接：迎接飞驰而来的东西。

12 猱（náo）：猿类，善攀缘，上下如飞。

13 剽：行动轻捷。

14 螭（chī）：传说中的猛兽，如龙而黄。

15 虏：胡虏，古时对北方少数民族的蔑称。

16 数：屡次。

17 羽檄：檄是军事方面用于征召的文书，插上羽毛表示军情紧急，所以叫羽檄。

18 厉马：奋马，策马。

19 蹈：奔赴。

20 陵：陵蹈，以武临之。

21 怀：顾惜。

22 中：心中。

23 顾：念。

## 阅读鉴赏

曹植的这首乐府诗可分四节。第一节，从开头至“幽并游侠儿”，概写主人公游侠儿的英俊与豪迈；第二节，从“少小去乡邑”到“勇剽若豹螭”，补叙游侠儿的来历及其超群的武艺；第三节，从“边城多警急”到“左顾陵鲜卑”，写游侠儿在战场上冲锋陷阵、奋勇杀敌的英雄事迹；第四节，从“弃身锋刃端”至结束，写游侠儿弃身报国、视死如归的崇高思想境界。全诗塑造了一个武艺高强又充满爱国情感的游侠形象。

作品运用了铺陈的笔法。这正是乐府诗突出的艺术特点。如诗中写游侠儿的武艺:“控弦破左的,右发摧月支。仰手接飞猱,俯身散马蹄。”“左的”“月支”“马蹄”,都是练习射箭的靶子,作者这样铺陈地写,就从左、右、上、下不同的方位表现了他高强的射箭本领。再如写他的战功:“羽檄从北来,厉马登高堤。长驱蹈匈奴,左顾陵鲜卑。”“羽檄”就是命令,他闻风而动,立即投入浴血战斗当中。他平定了边乱,保住了四境的安全。这种铺陈的写法,前后句文意呼应,渲染了气氛,给读者留下鲜明深刻的印象。

这种铺陈的写法,也表现了作者对游侠儿由衷赞羡之情。如在第四节,作者连用了意思大致相同的四句话,反复咏叹,赞扬游侠儿弃身报国、视死如归的高尚思想品德,可见其敬仰之深。其实,曹植这样写,也是借诗抒怀,借写游侠儿,来表达自己为国建功立业的豪迈情怀。

## 诵读指导

诵读诗歌首先要理解诗歌,这首诗是曹植所写的一首乐府诗,饱含为国建功立业的豪迈情怀。诗歌以叙述开篇,“白马/饰金羁,连翩/西北驰。借问/谁家子,幽并/游侠儿。”可以读得豪迈些。“少小/去乡邑,扬声/沙漠垂。宿昔/秉良弓,楛矢/何参差。控弦/破左的,右发/摧月支。仰手/接飞猱,俯身/散马蹄。狡捷/过猴猿,勇剽/若豹螭。”这些诗句补叙游侠儿的来历和他超群的武艺,语调先舒缓后激昂。“边城/多警急,虏骑/数迁移。羽檄/从北来,厉马/登高堤。长驱/蹈匈奴,左顾/陵鲜卑。”表现了游侠儿在战场上冲锋陷阵、奋勇杀敌的英雄事迹,语速可以渐快,语调要再高亢激昂些。“弃身/锋刃端,性命/安可怀?父母/且不顾,何言/子与妻!名编/壮士籍,不得/中顾私。捐躯/赴国难,视死/忽如归。”写游侠儿弃身报国、视死如归的崇高思想境界,诵读时语调要更加高亢,情感要饱满充沛。

(指导教师　韩凤琴)

# 狂　夫

杜　甫

万里桥[1]西一草堂，百花潭[2]水即沧浪[3]。
风含翠篠[4]娟娟净[5]，雨裛[6]红蕖[7]冉冉香[8]。
厚禄故人[9]书断绝[10]，恒饥[11]稚子色凄凉。
欲填沟壑[12]唯疏放[13]，自笑狂夫老更狂。

## 注释

1 万里桥：在成都南门外，是当年诸葛亮送费祎出使东吴的地方。杜甫草堂就在万里桥的西面。

2 百花潭：即浣花溪，杜甫草堂在其北。

3 沧浪：指汉水支流沧浪江，以水清澈闻名。《孟子·离娄上》："沧浪之水清兮，可以濯我缨。"有随遇而安之意。

4 篠（xiǎo）：细小的竹子。

5 娟娟净：秀美光洁之态。

6 裛（yì）：滋润。

7 红蕖：粉红色的荷花。

8 冉冉香：阵阵清香。冉冉，渐进地、慢慢地，也形容毛、枝条等柔软下垂的样子。

9 厚禄故人：指做大官的朋友。

10 书断绝：断了书信来往。

11 恒饥：长时间挨饿。

12 填沟壑（hè）：把尸体扔到山沟里去。这里指穷困潦倒而死。

13 疏放：疏远仕途，狂放不羁。

## 阅读鉴赏

这首七律作于杜甫客居成都时。诗题为《狂夫》，诗当以写人为主，却先从居住环境写来。“万里桥西一草堂，百花潭水即沧浪。”“水清”意指太平盛世，“水浊”意指世道浑浊。根据世道决定进退，表明一种超脱世俗名利的潇洒的人生态度。“即”传达出知足的意味。也就是有此清潭，又何需“沧浪”呢？上句的“万里桥”与下句的“百花潭”，上句的“草堂”与下句的“沧浪”相对应，在似对非对中，描写了一路风光，为下文写“狂”作铺垫。

“风含翠篠娟娟净，雨裛红蕖冉冉香。”这一联的意思是说，翠竹轻摇，带着水光的枝枝叶叶，明净悦目；细雨使荷花格外娇艳，微风吹送，清香可闻。其中，“含”和“裛”两个动词运用得很妙。“含”有小心呵护之意，暗示了风的柔和。而“裛”通“浥”，有“润物细无声”的意味，足见雨之细。这里，诗人以精心之笔，描写了微风细雨，营造了一个美好的审美境界。

前四句写草堂及浣花溪的美丽景色，令人陶然。然而与此并不那么和谐的是诗人现实的生活处境。“厚禄故人书断绝，恒饥稚子色凄凉。”初到成都时，他曾靠故人严武接济，分赠禄米，而一旦故人音书断绝，他一家子免不了挨饿。“厚禄故人书断绝”即写此事，这就导致“恒饥稚子色凄凉”，这是举一反三、举重若轻的手法。这里要注意诗歌的形式，诗人打破格律来写，在句法上形成了“上二下五”式，把“厚禄”“恒饥”前置于句首显著地位，突出“恒饥”的贫困处境。

“填沟壑”，即倒毙路旁无人收葬，意指饿死。这是何等严酷的生活现实。要是凡夫俗子，早从精神上被摧垮了。然而杜甫却不如此，他是“欲填沟壑唯疏放”，饱经患难，却从没有被生活的磨难压倒，始终用一种倔强的态度来对待生活的打击，这就是所谓“疏放”。诗人的这种人生态度，不但没有随着岁月流逝而衰退，反而越来越强了。你看，在几乎快饿死的境况下，他还兴致勃勃地在那里赞美“翠篠”“红蕖”等美丽的自然风光。将眼前迷人的美景与现实艰难的处境联系起来，诗人不禁哑然“自笑”：你是怎样一个越来越狂放的老头儿啊！

在杜诗中，原不乏歌咏优美自然风光的佳作，也不乏抒写潦倒穷愁中开愁遣闷的名篇。而《狂夫》值得玩味之处在于它将两种看似无法调合的情景成功地调合起来，形成一个完整的意境。一面是“风含翠篠”“雨裛红蕖”的赏心悦目之景，一面是“凄凉”“恒饥”“欲填沟壑”的可悲可叹之事，全都由“狂夫”这一形象统一起来。没有前半部分优美景致的描写，不足以表现“狂夫”的贫困不能移的精神；没有后半部分对潦倒生计的描述，“狂夫”就会失其所以为“狂夫”。两种成分真是缺一不可。

**诵读指导**

诗歌前四句写草堂和浣花溪的美丽景色，令人陶然，“万里／桥西／一草堂，百花／潭水／即沧浪。风含／翠篠／娟娟净，雨裛／红蕖／冉冉香。”诵读时语气舒缓柔和，可加入自己的想象，沉浸其中，感受美景。接下来写了诗人的现实处境极其困窘，“厚禄／故人／书断绝，恒饥／稚子／色凄凉。”中的“书断绝”“恒饥”要重读，突出诗人生活的艰难。诗人虽饱经忧患，却从没有被生活的磨难压倒，始终用一种倔强的态度来对待生活的打击，“欲填／沟壑／唯疏放，自笑／狂夫／老更狂。”尾联要读出洒脱、疏放的感觉。

（指导教师　韩凤琴）

# 临江仙[1]

曹雪芹

白玉堂[2]前春解舞[3]，东风卷得均匀[4]。蜂围蝶阵乱纷纷[5]。几曾随逝水[6]？岂必委芳尘[7]？

万缕千丝终不改，任他随聚随分[8]。韶华休笑本无根[9]。好风凭借力[10]，送我上青云[11]。

## 注释

1 临江仙：词牌名，原为唐代教坊曲名。又名谢新恩、雁后归、画屏春、庭院深深、采莲回等。

2 白玉堂：形容贾家的富贵豪奢。汉乐府《相逢行》："黄金为君门，白玉为君堂。"这里说柳絮所处高贵之地。

3 春解舞：春能跳舞。这是说柳絮被春风吹散，像在翩翩起舞。

4 均匀：指舞姿柔美，缓急有度。

5 "蜂围"句：成群蜂蝶纷纷追随柳絮。或以蜂蝶之纷乱比飞絮。

6 随逝水：落于水中，随波流去。

7 委芳尘：落于泥土中。委，弃。

8 "万缕"二句：意谓尽管柳絮随风，忽聚忽分，柳树枝条依旧飘拂。

9 "韶华"句：意即休笑我，春光中的柳絮本是无根的。

10 凭借力：指不断地借助于风力。

11 青云：本意为高天，也用以说名位高。《史记·伯夷列传》："闾巷之人，欲砥行立名者，非附青云之士，恶能施于后世哉？"

## 阅读鉴赏

《红楼梦》中薛宝钗的《临江仙》，有别于林黛玉缠绵悱恻的格调，反其意而和之，赋予了柳絮积极向上、轻灵洒脱的积极含义，抒发了一种不甘碌碌无为、勇于挑战人生的情怀。

这首词上阕感慨柳絮的潇洒自如和自由自在，赋予了“几曾随逝水？岂必委芳尘？”的积极含义；下阕一句“万缕千丝终不改，任他随聚随分”过渡到点睛之笔“韶华休笑本无根，好风凭借力，送我上青云”，整个词调充满了乐观高雅、积极向上、超然洒脱的情调。

后世读者在阅读《红楼梦》时，常因“好风凭借力，送我上青云”一句而误解薛宝钗不甘命运、野心勃勃。其实在古代汉语乃至现代汉语中，“青云”并不都是指升官攀贵，也有超凡脱俗的人生情怀和隐居慎独的人生境界的意味。萧统《陶渊明集序》中有“有疑陶渊明诗篇篇有酒，吾观其意不在酒，亦寄酒为迹焉。其文章不群，辞采精拔，跌宕昭彰，独超众类。抑扬爽朗，莫与之京。横素波而傍流，干青云而直上。语时事则指而可想，论怀抱则旷而且真。加以贞志不休，安道苦节，不以躬耕为耻，不以无财为病，自非大贤笃志，与道污隆，孰能如此乎？”王勃《滕王阁序》有云:“老当益壮，宁移白首之心；穷且益坚，不坠青云之志。”由此可见，“青云”不是都指达官显贵，还有超凡脱俗之意。所以，读《红楼梦》，仁者见仁，智者见智，不同的人有不同的见解，每多读一遍都有新的收获。

## 诵读指导

这首词遣词用语如行云流水，字里行间展露出豁达与乐观。因此，诵读时语调宜轻柔舒缓。如上阕“白玉堂前／春解舞，东风／卷得均匀。蜂围蝶阵／乱纷纷。几曾／随逝水？岂必／委芳尘？”最后两句“几曾／随逝水？岂必／委芳尘？”富有积极意义，读时可轻扬。下阕“万缕千丝／终不改，任他／随聚／随分。韶华休笑／本无根。好风／凭借力，送我／上青云。”充满了乐观高雅、积极向上、超然洒脱的情调，因此要读出激情，读出洒脱，读出昂扬。

（指导教师　韩凤琴）

# 国风·秦风·无衣

岂曰无衣？与子同袍[1]。王[2]于[3]兴师[4]，修我戈矛。

与子同仇[5]。

岂曰无衣？与子同泽[6]。王于兴师，修我矛戟。

与子偕作[7]。

岂曰无衣？与子同裳[8]。王于兴师，修我甲兵[9]。

与子偕行[10]。

## 注释

1 袍：长衣。行军者日以当衣，夜以当被。同袍，友爱、互助意。

2 王：此指秦君。一说指周天子。

3 于：语助词。

4 兴师：起兵。

5 同仇：共同对敌。

6 泽：通“襗”，里衣、亵衣，如今之汗衫。

7 作：起。

8 裳(chánɡ)：下衣，此指战裙。上曰衣，下曰裳。

9 甲兵：铠甲与兵器。

10 行：往。

## 阅读鉴赏

这是一首激昂慷慨、同仇敌忾的战歌，表现了秦国军民团结互助、共御外侮的高昂士气和乐观精神，其独具矫健而爽朗的风格正是秦人爱国主义精神的反映。全诗共三章，采用了重章叠唱的形式，描写了秦军将士在听到“王于兴师”的号令后，磨刀擦枪、舞戈挥戟，奔赴前线共同杀敌的场面。

当时的秦国位于今甘肃东部及陕西一带。那里木深土厚，民性厚重质直。班固在《汉书·赵充国辛庆忌传赞》中说秦地“民俗修习战备，高上勇力，鞍马骑射。故秦诗曰：‘王于兴师，修我甲兵，与子偕行。’其风声气俗自古而然，今之歌谣慷慨风流犹存焉。”朱熹《诗集传》也说：“秦人之俗，大抵尚气概，先勇力，忘生轻死，故其见于诗如此。”这首诗意气风发，豪情满怀，确实反映了秦地人民的尚武精神。在大敌当前之际，他们一呼百诺，团结友爱，协同作战，表现出崇高无私的品质和英雄气概。

由于此诗旨在歌颂，也就是说以“美”为主，所以对秦军来说有巨大的鼓舞力量。据《左传》记载，鲁定公四年（公元前506年），吴国军队攻陷楚国的首府郢都，楚臣申包胥到秦国求援，“立依于庭墙而哭，日夜不绝声，勺饮不入口，七日，秦哀公为之赋《无衣》，九顿首而坐，秦师乃出”。于是一举击退了吴兵。可以想象，在秦王誓师的时候，此诗犹如一首誓词；对士兵们来说，则又似一首动员令。

如前所述，秦人尚武好勇，反映在这首诗中则以气概胜。诵读此诗，不禁为诗中火一般燃烧的激情所感染，那种慷慨激昂的英雄主义气概令人心驰神往。之所以营造出这样的艺术效果，一是每章开头都采用了问答式的句法。一句“岂曰无衣？”似自责，似反问，充溢着不可遏止的愤怒与愤慨，仿佛在人们复仇的心灵上点上一把火，于是无数战士同声响应：“与子同袍”“与子同泽”“与子同裳”。二是语言富有强烈的动作性：“修我戈矛。”“修我矛戟”“修我甲兵”使人联想到战士们磨刀擦枪、舞戈挥戟的热烈场面。这样的诗句，可以歌，可以舞，堪称激动人心的活剧。

全诗共三章，采用了重叠叠唱的形式。每一章句数、字数相等，但结构的相同并不意味着简单地、机械地重复，而是不断递进，有所发展的。如首章结句“与子同仇”是情绪方面的，说的是他们有共同的敌人。第二章结句“与子偕作”中，作是起的意思，这才是行动的开始。第三章结句“与子偕行”中，“行”意为往，表明诗中的战士们将奔赴前线共同杀敌。

**诵读指导**

全诗感情慷慨激昂，雄壮豪迈，要读出一往无前的气势。本诗适于行进中吟唱，类似进行曲。可一句两拍，但不能机械地两字一节拍。

“岂曰／无衣？”是问句，宜稍舒缓低沉，“与子／同袍”重音在“同袍”。“王／于兴师，修我／戈矛。”宜豪迈慷慨。“与子同仇”要铿锵刚劲，短促利落。

本诗属于典型的“重章叠唱”式诗歌，三段可采取同一吟诵方式。结尾“修我甲兵，与子偕行。”可反复吟唱，并声音渐弱，给人以军人高歌而来，铿锵而去，渐行渐远，直赴沙场之感。

（指导教师　赵锦佳）

# 少年行四首（其一）

**王　维**

新丰[1]美酒斗十千[2]，咸阳[3]游侠多少年。

相逢意气为君饮，系马[4]高楼垂柳边。

## 注　释

1 新丰：在今陕西省西安市临潼区东北，盛产美酒。

2 斗十千：指美酒名贵，价值万贯。

3 咸阳：本指战国时秦国的都城咸阳。著名勇士荆轲、秦舞阳都到过此地。汉时曾徙豪侠于咸阳。这里用来代指唐朝都城长安。

4 系(xì)马：指在厩内系养的良马；拴马。

## 阅读鉴赏

《少年行》是王维的七绝组诗，共四首，这是第一首，写的是少年游侠的日常生活，从日常生活的描写中显示出少年游侠舍身报国的壮烈情怀和英武豪迈、重义疏才的精神风貌。

“新丰美酒斗十千”是说新丰出产的美酒十分名贵，一斗酒价值十千钱。斗十千，使用这个数字，目的在于强调酒的名贵，为下文的“咸阳游侠”作映衬。“咸阳游侠多少年”意思是咸阳城里的游侠们多半是青春少年。咸阳，秦朝时曾作国都，这里实际上是以它代指唐朝都城长安。古时候称那种重义轻生死、勇于救人于危难的人为游侠。在诗人心目中，游侠都是英雄豪杰，倍受尊重和赞扬。作者特别点出“少年”二字，写出一群朝气蓬勃的少年英雄，这些少年游侠在“新丰美酒”的映衬下，越发显得豪放不羁，风流倜傥。“相逢意气为君饮”说的是这些少年侠客偶然相逢，为彼此的意气所感动，都愿意为对方干上一杯。“意气”所包含的内容很丰富，仗义疏财，除暴安良，轻生重义，都是侠客们所注重的意气。这句把饮酒的性质强调出来了，他们不是为了取乐而饮酒，而是为了彼此的侠义行为而庆功；他们不是熟人聚会而饮酒，而是偶然相逢，一见倾心，便不惜花费重金买酒，相互勉励。这句诗把少年侠客的精神世界揭示得十分鲜明，足以令人敬慕。

“系马高楼垂柳边”的意思是他们把自己的高头大马拴在那高高酒楼前的垂柳旁边。这意味着他们已经走进了酒楼，把“为君饮”的愿望变成了现实。这句诗不仅勾画出酒楼的风光，而且对人物形象起到了很好的烘托作用。写“马”，烘托出少年侠客的奔放、刚健；写“高楼”，烘托出少年侠客的豪迈气概；写“垂柳”，则烘托出少年侠客的风流、飘逸。

这首诗富有浪漫主义色彩，作者注意选用一系列美好的形象，如美酒、游侠、骏马、高楼等构成画面，洋溢着一种昂扬振作的精神，具有鼓舞人心的艺术力量。自古英雄出少年，青少年是国家的未来，民族的希望。当代的青少年应该继承和发扬中华优秀传统文化，为国家的发展和民族的振兴奉献青春。

## 诵读指导

诵读诗歌，必先读懂其含义。这首诗塑造了一群急人之难、豪侠任气的少年英雄形象，对游侠意气进行了热烈的礼赞，表现出盛唐社会游侠少年踔厉风发的精神面貌。这首诗歌表现了王维早年诗歌创作的雄浑劲健的风格和浪漫气息，同时从中也可以看出年轻时王维的政治抱负和理想，显示出强烈的英雄主义色彩。

诗歌的断句为：新丰美酒／斗十千，咸阳游侠／多少年。相逢意气／为君饮，系马高楼／垂柳边。

这首诗歌的韵脚为“千”“年”“边”，声韵和谐。前两句，“斗”和“多”声音拉长，而且加重，表现出酒的名贵以及少年游侠的豪迈之气。后两句，少年相逢，惺惺相惜，系马于高楼之下，垂柳之边，然后与友人把酒言欢，共叙壮志豪情。诵读时语调要高亢，情感要饱满充沛，尽显豪气冲天，昂扬向上。

**（指导教师　李春莲）**

# 古从军行七首（其四）

王昌龄

青海[1]长云[2]暗雪山[3]，孤城[4]遥望玉门关[5]。
黄沙百战穿金甲，不破[6]楼兰[7]终不还[8]。

## 注释

1 青海：指青海湖，在今青海省。唐朝大将哥舒翰筑城于此，置神威军戍守。

2 长云：层层浓云。

3 雪山：即祁连山，山巅终年积雪，故云。

4 孤城：即边塞古城。

5 玉门关：汉置边关名，在今甘肃敦煌西。一作“雁门关”。

6 破：一作“斩”。

7 楼兰：汉时西域国名，在今新疆维吾尔自治区鄯善县东南一带。西汉时楼兰国王与匈奴勾结，屡次杀害汉朝通西域的使臣。此处以楼兰泛指唐西北地区常常侵扰边境的少数民族政权。

8 终不还：一作“竟不还”。

## 阅读鉴赏

《古从军行七首》系唐代边塞诗人王昌龄的名作，“黄沙百战穿金甲，不破楼兰终不还。”堪称名作中的名句，表现了边塞将士誓死杀敌的气概。

这首诗歌表现了戍边将士保家卫国的雄心壮志，体现的是戍边将士对环境恶劣、战事艰辛的感叹以及对家乡的思念。“青海长云暗雪山，孤城遥望玉门关”，诗人在开篇描绘了一幅壮阔苍凉的边塞风景图，概括了西北边陲的状貌。这两句话的意思是：青海湖上的天空，长云遮蔽，湖北面绵延着的雪山隐约可见，翻过雪山，就是河西走廊荒漠中的孤城，再往西，就可以看到玉门关。在唐代，西边有吐蕃，北边有突厥，当时的青海是唐军和吐蕃多次交战的地方，而玉门关外就是突厥的势力范围，所以这两座城池是唐朝边防重镇。看着青海和玉门关，诗人想到曾经在这两个地方发生过的战斗场面，不由得心潮澎湃。可见这两句诗在写景中包含丰富的感情，有戍守边疆将士对边防的关注，有他们对自己能承担保家卫国责任的自豪，也有边疆环境恶劣，戍边生活艰苦而孤寂的苦闷心情，种种感情都融进了这苍凉辽阔、迷茫昏暗的景象中。

“黄沙百战穿金甲，不破楼兰终不还。”由情景交融的环境描写转为直接抒情。“黄沙百战穿金甲”是概括力极强的诗句。戍边时间之漫长，战事之频繁，战斗之艰苦，敌军之强悍，边地之荒凉，都于此七字中概括无遗。“百战”是比较抽象的，冠以“黄沙”二字，就突出了西北战场的特征，“百战”而至“穿金甲”，更可以想见战斗之艰苦激烈，也可以想见这漫长的时间中有一系列“白骨乱蓬蒿”式的壮烈牺牲。但是，金甲尽管磨穿，将士的报国壮志却并没有被消磨，而是在大漠风沙的磨炼中变得更加坚定。“不破楼兰终不还”就是身经百战的将士豪壮的誓言。上一句把战斗之艰苦、战事之频繁写得越突出，这一句便越显得铿锵有力、掷地有声。

盛唐优秀的边塞诗有一个重要的思想特点，就是在抒写戍边将士的豪情壮志的同时，并不回避战争的艰苦，本篇就是一个显例。正是因为有一、二句那种含蕴丰富的大处落墨的环境描写，三、四句才没有成为空洞肤浅的抒情。典型环境与人物感情高度统一，是王昌龄绝句的一个突出优点，这在本篇中也有明显的体现。

**诵读指导**

这首诗歌穿插了“雪、玉、百、甲、不、不”六个入声字，在吟诵时将这些字处理得短促有力，那么诗歌的顿挫以及由此产生的压抑郁闷也能被直接感受到。

这首诗的断句为：青海／长云／暗雪山，孤城／遥望／玉门关。黄沙百战／穿金甲，不破楼兰／终不还。

第一句“长云”“山”拉长，体现了青海湖上乌云盖顶，浓厚密集，雪山连绵千里，给人一种压抑之感；“暗”读短、重读，强调出了乌云使得本来白茫茫的雪山黯然失色的气势。

第二句“孤城”拉长，通过声音的悠远体现了四周荒凉只剩一座城池的孤寂；“关”拉长，表现出了玉门关距离将士所在位置的遥远，增添了将士的乡愁；“望”读短，强调出了将士乡愁的浓烈。

第三句“黄沙”拉长，体现了环境的恶劣；“金”拉长，铠甲虽坚，仍被穿破，体现了战事的激烈；“百战”“甲”读短，同样强调出战事的激烈。

第四句“不”“破”读短，强调出敌人的顽强、难破；“楼兰”拉长，体现了对外敌强悍的感慨；“还”拉长，体现了将士归乡之情的强烈。

（指导教师　李春莲）

# 国风·唐风·蟋蟀

蟋蟀在堂，岁聿[1]其莫[2]。今我不乐，日月其除[3]。无[4]已[5]大康[6]，职[7]思其居[8]。好乐无荒，良士瞿瞿[9]。

蟋蟀在堂，岁聿其逝。今我不乐，日月其迈[10]。无已大康，职思其外。好乐无荒，良士蹶蹶[11]。

蟋蟀在堂，役车[12]其休。今我不乐，日月其慆[13]。无已大康，职思其忧。好乐无荒，良士休休[14]。

**注释**

1 聿(yù)：语助词。

2 莫：通“暮”，年终。

3 除：过去。

4 无：勿。

5 已：甚。

6 大(tài)康：过于享乐。

7 职：相当于口语“得”。

8 居：处，指所处职位。

9 瞿瞿(jù)：警惕瞻顾貌；一说敛也。

10 迈：义同“逝”，去，流逝。

11 蹶蹶(jué)：勤奋状。

12 役车：服役出差的车子。

13 慆(tāo)：逝去。

14 休休：安闲自得，乐而有节貌。

## 阅读鉴赏

《国风·唐风·蟋蟀》是我国第一部诗歌总集《诗经》中的一首诗。因岁暮将至，蟋蟀在堂感物伤时，表达了珍惜时光、不应虚度的感情。此篇三章意思相同，头两句感物伤时，从蟋蟀由野外迁至屋内，天气渐渐寒凉，联系到"时节忽复易"，这一年已到了岁暮。古人常用候虫对气候变化的反应来表示时序更易。诗的三、四句直接导入述怀：由岁暮引起对时光流逝的感慨，宣称要抓紧时机好好行乐，不然便是浪费了光阴。其实这不过是欲进故退，着一虚笔罢了，后四句即针对三、四句而发。诗五、六句合起来意思是说：不要过分地追求享乐，应当好好想想自己承担的工作，对分外事务也不能漠不关心，尤其是不可只顾眼前，还要想到今后可能出现的忧患。可见"思"字是全诗的主眼，"三戒"意味深长。这反复的叮嘱，蕴含着宝贵的人生经验，是自儆也是儆人。诗的七、八句和第三章联系起来是说：喜欢玩乐，可不要荒废事业，要像贤士那样，时刻提醒自己，做到勤奋向上。后四句虽是说教，却很有分寸，"好乐"但要节制在限度内，即"好乐无荒"。这一告诫至今仍有意义。

## 诵读指导

全诗三章，每章八句。全诗有感而发，脱口而出，直吐心曲，坦率真挚，以重章反复抒发，语言自然，不加修饰。本诗押韵与《诗经》多数篇目不同，采用一章中两韵交错，各章一、五、七句同韵；二、四、六、八句同韵，后者是规则的间句韵。诵读时注意体会情感，把握节奏。

（指导教师　戚志宏）

# 叔向贺贫[1]

叔向[2]见韩宣子[3]，宣子忧贫，叔向贺之。宣子曰：“吾有卿之名而无其实，无以从二三子[4]，吾是以忧，子贺我，何故？”

对曰：“昔栾武子[5]无一卒之田[6]，其宫不备其宗器，宣其德行，顺其宪则[7]，使越[8]于诸侯。诸侯亲之，戎狄怀之，以正晋国；行刑不疚[9]，以免于难。及桓子[10]，骄泰[11]奢侈，贪欲无艺[12]，略则行志[13]，假贷居贿[14]，宜及于难，而赖武之德，以没其身[15]。及怀子[16]，改桓之行，而修[17]武之德，可以免于难，而离桓之罪[18]，以亡于楚。夫郤昭子[19]，其富半公室，其家半三军[20]，恃其富宠，以泰于国[21]；其身尸于朝[22]，其宗灭于绛。不然，夫八郤五大夫三卿[23]，其宠大矣；一朝而灭，莫之哀也，唯无德也！今吾子[24]有栾武子之贫，吾以为能其德矣[25]，是以贺。若不忧德之不建，而患货之不足，将吊[26]不暇，何贺之有？”

宣子拜，稽首[27]焉，曰：“起[28]也将亡，赖子存之。非起也敢专承之，其自桓叔以下，嘉吾子之赐。”

## 注 释

1 选自《国语》。《国语》相传是春秋时左丘明作，二十一卷，主要记西周末年和春秋时期鲁国等国贵族的言论。

2 叔向，春秋晋国大夫羊舌肸（xī），字叔向。

3 韩宣子：名起，是晋国的卿。卿的爵位在公之下，大夫之上。

4 无以从二三子：意思是家里贫穷，没有供给宾客往来的费用，不能跟晋国的卿大夫交往。二三子，指晋国的卿大夫。

5 栾武子：即栾书，晋大夫，于鲁成公四年升任执政大臣，将中军。

6 无一卒之田：没有一百人所有的田亩。古代军队编制一百人为一卒。一卒之田，当百顷田地，上卿应有一旅之田，即五百顷。

7 宪则：法制。

8 越：本意为高扬，这里指传播。

9 行刑不疚（jiù）：指栾书弑杀晋厉公而不被国人责难。刑，法，就是前边的“宪则”。

10 桓子：栾武子的儿子。

11 骄泰：骄慢放纵。

12 艺：极限。

13 略则行志：忽略法制，任意行事。

14 假贷居贿：借贷取利。贷，原作“货”。居贿，囤积财物。

15 而赖武之德，以没其身：但是依靠栾武子的德望，终生没有遭到祸患。

16 怀子：桓子的儿子。

17 修：研究，学习。

18 离桓之罪：（怀子）因桓子的罪恶而遭罪。离，同“罹”，遭到。

19 郤（xì）昭子：晋国的卿。

20 其家半三军：他家里的佣人抵得过三军的一半。当时的兵制，诸侯大国三军，合三万七千五百人。一说郤家人占据了晋国三军中一半的职位。

21 以泰于国：就在国内非常奢侈。泰，过分、过甚。

22 其身尸于朝：（郤昭子后来被晋厉公派人杀掉）他的尸体摆在朝堂（示众）。

23 八郤五大夫三卿：郤氏八个人，其中五个大夫，三个卿。

24 吾子：您，古时对人的尊称。

25 能其德矣：能够行他的道德了。

26 吊：忧虑。

27 稽首：顿首，把头叩到地上。

28 起：韩宣子自称他自己的名字。

## 阅读鉴赏

本文通过人物对话的方式，先提出“宣子忧贫，叔向贺之”这个出人意料的问题，然后层层深入地展开论述。文章先不直接说明要贺的原因，而是举出栾、郤两家的事例说明，贫可贺，富可忧，可贺可忧的关键在于是否有德；继而将宣子与栾武子加以类比，点出可贺的原因，并进一步指出，如果不建德而忧贫，则不但不可贺，反而是可吊的，点出本文的中心论点；最后用韩宣子的拜服作结，说明论点有巨大的说服力。这样既把道理讲得清清楚楚，又使人感到亲切自然。本文引用历史事实，阐明了贫不足忧，而应重视建德，没有德行，则愈富有而祸害愈大，有德行则可转祸为福的道理。

这段文字记叙了叔向向韩宣子提建议的过程。叔向的建议，采用了正反结合的阐述方法，因此相当有说服力，他的言论一方面固然是为了卿大夫身家的长久之计，另一方面也对“骄泰奢侈，贪欲无艺”的行为提出了批评，这无论是在当时还是在现在，都有很深刻的警示作用。本文语言难度较大，读者应在把握文意的基础上，了解文中人物的关系，结合注解和上下文，再来理解较难的词语和句子。

## 诵读指导

“读书百遍，其义自见。”朗读诗文有助于更好地理解文本，而理解文本是朗读好诗文的前提。本文记叙了叔向向韩宣子提建议的过程，阐明了贫不足忧，而应重视建德的道理。文章开篇叔向向宣子贺贫，宣子提出疑惑，“吾有卿之名／而无其实，无以／从二三子，吾／是以忧，子贺我，何故？”要读出宣子的困惑，语速不宜快，而应是有所疑，有所思，语调不妨低沉些。叔向先不直接说明贺的原因，而是举出栾、郤两家的事例说明，贫可贺，富可忧，可贺可忧的关键在于是否有德。

昔栾武子／无／一卒之田，其宫／不备其宗器，宣／其德行，顺／其宪则，使／越于诸侯。诸侯／亲之，戎狄／怀之，以／正晋国；行刑／不疚，以／免于难。及／桓子，骄泰／奢侈，贪欲／无艺，略则／行志，假贷／居贿，宜／及于难，而赖／武之德，以没其身。及／怀子，改／桓之行，而修／武之德，可以／免于难，而离／

桓之罪，以 / 亡于楚。夫 / 郤昭子，其富 / 半公室，其家 / 半三军，恃 / 其富宠，以 / 泰于国；其身 / 尸于朝，其宗 / 灭于绛。不然，夫 / 八郤 / 五大夫 / 三卿，其宠 / 大矣；一朝 / 而灭，莫之哀也，唯 / 无德也！

这一部分正反对比，非常有说服力，字字珠玑。朗读时要吐字清楚准确，读得委婉动人。最后用韩宣子的拜服作结，“起也 / 将亡，赖子 / 存之。非 / 起也 / 敢专承之，其 / 自桓叔以下，嘉 / 吾子之赐。”道理讲得清清楚楚，要读得亲切自然。

**（指导教师　隋艳秋）**

# 论积贮疏

贾　谊

管子曰：“仓廪实而知礼节。”民不足而可治者，自古及今，未之尝闻[1]。古之人曰：“一夫[2]不耕，或[3]受之饥；一女不织，或受之寒。”生之有时[4]，而用之亡[5]度，则物力必屈[6]。古之治天下，至孅[7]至悉[8]也，故其畜积足恃。今背本而趋末[9]，食者甚众，是天下之大残[10]也；淫侈[11]之俗，日日以长，是天下之大贼也[12]。残贼公行，莫之或止；大命[13]将泛[14]，莫之振救。生之者[15]甚少，而靡[16]之者甚多，天下财产，何得不蹶！

汉之为汉，几[17]四十年矣，公私之积，犹可哀痛！失时不雨，民且[18]狼顾[19]，岁恶[20]不入[21]，请卖爵子[22]，既闻耳矣，安有为[23]天下阽危[24]者若是而上不惊者？世之有饥穰[25]，天之行也，禹、汤被之[26]矣。即[27]不幸有方二三千里之旱，国胡以相[28]恤[29]？卒[30]然边境有急，数千百万之众，国胡以馈[31]之？兵旱相乘[32]，天下大屈[33]，有勇力者聚徒而衡击[34]；罢[35]夫羸

[36]老，易[37]子而咬其骨。政治未毕通也，远方之能疑[38]者，并举而争起矣。乃骇而图[39]之，岂将有及乎？

夫积贮者，天下之大命也。苟粟多而财有余，何为而不成？以攻则取，以守则固，以战则胜。怀敌附远，何招而不至？今驱民而归之农，皆著于本，使天下各食其力，末技[40]游食之民，转而缘南亩[41]，则畜积足而人乐其所矣。可以为富安天下，而直[42]为此廪廪[43]也，窃为陛下惜之。

## 注释

1 未之尝闻：即“未尝闻之”，没有听说过这回事。

2 夫：古代对成年男子的通称。

3 或：有的人，代词。

4 生之有时：生产有时间的限制。之，指物资财富，代词。

5 亡：同“无”。

6 屈：竭，穷尽。

7 孅(xiān)：通“纤”，细致。

8 悉：详尽，周密。

9 背本而趋末：放弃根本的事，去做不重要的事，此处是指放弃农业而从事工商业。古代以农桑为本业，工商为末业。背，背离，背弃。

10 残：害，危害，祸害。

11 淫侈(chǐ)之俗：奢侈的风气。淫，过分，副词。

12 贼：害，危害，祸害。

13 大命：国家的命运。

14 泛：通“覂”(fěng)，翻覆，覆灭。

15 生之者：生产粮食、财物的人。

16 靡：耗费。

17 几：将近，副词。

18 且：将，副词。

19 狼顾：狼性多疑，行走时常回头看，以防袭击，比喻人有后顾之忧。此处形容人们看到天不下雨时的忧虑不安。

20 岁恶：年景不好。恶，坏。

21 不入：指纳不了税。“入”是“纳”的意思。

22 请卖爵（jué）子：指朝廷卖爵，人民卖子。

23 为：治理。

24 阽（diàn）危：危险。阽，临近。

25 饥穰：荒年和丰年。此处为偏义复词，只指荒年。饥，灾荒，《墨子·七患》：“五谷不收谓之饥。”穰，庄稼丰收。

26 禹、汤被之：禹，传说中古代部落联盟领袖。原为夏后氏部落领袖，奉舜命治水有功，舜死后继其位。汤，商朝的开国君主。被：遭，受。传说禹时有九年的水灾，汤时有七年的旱灾。

27 即：如果，假如，连词。

28 相：副词，兼有指代接受动作一方的作用，此处指“方二三千里”的灾区。

29 恤：周济，救济。

30 卒然：突然。卒，通“猝”。

31 馈：进食于人，此处指发放粮饷，供养军队。

32 乘：因，趁。

33 屈：缺乏。

34 衡击：横行劫掠攻击。衡，通“横”。

35 罢（pí）：通“疲”。

36 羸（léi）：瘦弱。

37 易：交换。

38 疑：同“拟”，指与皇帝相比拟，较量。

39 图：谋划，想办法对付。

40 末技：不值得重视的技能，此处指与“本业”相对的“末业”，即工商业。

41 缘南亩：走向田间，从事农业。缘，因，循，此处有趋向之意。南亩，泛指农田。

42 直：竟然，副词。

43 廪廪：同“懔懔”，危惧的样子，指令人害怕的局面。

## 阅读鉴赏

本文理论结合实际，紧密围绕“积贮”的论题，从正反两面逐层深入地论证中心论点。文章第一段，首先引用管子之言和古人深知民足致治的事实，对古之治天下重积贮的理论和经验进行了总结，阐明积贮与国计民生的关系，从正面论证了积贮的重要性。接着由古及今，联系实际，针对当前生产少、消费多、淫侈之风滋长、不重视积贮、国家有覆亡可能的危险形势，说明不重积贮的危害，从反面论证了积贮的重要意义。这样通过古今对比以及对理论和形势的分析，从正反两面对中心论点进行了有力的论证。第二段，则就应对自然灾害和战争两个方面，从国家存亡的高度阐明不积贮的危害，从反面进一步论证了积贮的重要性。至第三段，则在前面充分阐述的基础上，水到渠成地归纳出“夫积贮者，天下之大命也”的中心论点，并与第二段及第一段的有关部分进行对比论证，阐明积贮之利是关系国家富强的根本大计，重视农业生产是加强积贮的根本措施，从正面更深入一层论证了积贮的重要意义。文章这样围绕中心论点，引古证今，理论结合实际，进行正反对照，并以确凿的论据、严密的逻辑，层层深入进行论证，把道理说得清楚透彻、有条不紊，令人信服。

## 诵读指导

这篇奏疏，是贾谊针对西汉初年在经济上所面临的严重危机，提出的要注意积贮的重要论文。全文多使用对偶句，句式整齐，思路顺畅，读来节奏感强。句式两相对举，结构相同，言辞犀利激烈，连用铺排，强化论理。要在反复诵读中体会句式的文势流畅、层层递进，文气贯通，一气呵成。本文第一段断句如下：管子曰：“仓廪实／而知礼节。”民不足／而可治者，自古及今，未之尝闻。古之人曰：“一夫／不耕，或／受之饥；一女／不织，或／受之寒。”生之／有时，而用之／亡度，则物力／必屈。古之／治天下，至孅／至悉也，故其畜积／足恃。今背本／而趋末，食者／甚众，是／天下之／大残也；淫侈／之俗，日日以长，是／天下之／大贼也。残贼／公行，莫之／或止；大命／将泛，莫之／振救。生之者／甚少，而靡之者／甚多，天下财产，何得不蹶！

以上内容，作者以夸张和反诘的惊人之语提醒文帝，要警惕现状，认识积贮之事刻不容缓，表明上疏目的。诵读这一段要读出坚定而有力的语气。

第二段连用三次反问，层层深入，步步逼进，意在引起文帝的重视，防患于未然。因此在诵读时要读出至诚至切之情，反问句要读出愤激之情。第三段断句如下：夫／积贮者，天下之／大命也。苟／粟多／而财有余，何为／而不成？以攻／

则取，以守／则固，以战／则胜。怀敌／附远，何招／而不至？今驱民／而归之农，皆著于／本，使天下／各食其力，末技游食之民，转而缘南亩，则畜积足／而人乐其所矣。可以为／富安天下，而直为／此廪廪也，窃为陛下／惜之。诵读本段时惋惜之中要饱含责备之意，规劝文帝赶快改弦易辙。一笔收煞全文，有情有力。诵读时要深入体会，读出这种情感。

**（指导教师　隋艳秋）**

# 泾溪

杜荀鹤

泾溪[1]石险人兢慎[2]，终岁[3]不闻倾覆[4]人。
却是平流[5]无石处[6]，时时闻[7]说有沉沦。

## 注释

1 泾(jīng)溪：一作泾川，又名赏溪。在今安徽泾县。源出旌德县南，北流至泾县西入青弋江。

2 兢(jīng)慎：因害怕而小心警惕。

3 终岁：整年。

4 倾覆：翻船沉没。下文“沉沦”义同。

5 平流：平稳的水中。平，指溪水不掀波。

6 处：地方。

7 闻：说，听说。

**阅读鉴赏**

《泾溪》是唐代诗人杜荀鹤创作的一首哲理诗。此诗写了急流险滩之处鲜有船只倾覆沉没，而水流缓慢之处却常有船只倾覆沉没的反常现象。全诗通过比喻手法来总结教训，于景物中寓哲理，分析得透彻，包含着深刻而精妙的人生哲理，给人以居安要思危、处盈要虑亏的告诫。首二句“泾溪石险人兢慎，终岁不闻倾覆人”说明的是“生于忧患”的道理。正因为泾溪急流险滩，礁石密布，航道险恶，人们对之高度重视，路过时便极其小心翼翼，全神贯注地绕过险滩，最后“平安”。后二句“却是平流无石处，时时闻说有沉沦”则说明的是“死于安乐”的道理。在波平浪静、缓缓流淌的水域，既没有礁石，也没有旋涡，然而正是在这看似安全的地方，却往往传来船只沉沦的噩耗。原因就在于人们在相对“安乐”的环境下，滋生了麻痹大意，丧失了警惕性，而“祸患常积于忽微”（欧阳修《伶官传序》），船倾人溺也就在所难免了。

这首诗前两句和后两句构成鲜明对比：由于“不慎”，安全的“平流”上却常见船只沉沦。不同的客观环境，决定了不同的主观态度，不同的主观态度带来的是两种截然不同的后果。这是人生安危和事业成败的历史现实经验的总结。在艰难险阻之中，保持高度警惕；在平安顺利之时，决不忘乎所以；人生事业，小处着眼，慎之又慎，勿懈勿怠，居安思危，才能永远立于不败之地。

**诵读指导**

此诗以明白晓畅的语言道出朴素而又深刻的人生哲理。诵读这首七言诗，按其意义可采用四三式句读“泾溪石险 / 人兢慎，终岁不闻 / 倾覆人。却是平流 / 无石处，时时闻说 / 有沉沦”。前两句关键在“兢慎”两字，诵读时要重读强调，由于过往的人“兢慎”，本是很容易发生毁船事故的地方，“终岁”竟然听不到有关“倾覆”的不幸消息，因此“不闻”要稍作强调；相反地，后两句中的“无石处”“有沉沦”要读出警示意味。

（指导教师　戚志宏）

# 现当代作品诵读指导

# 我和我的祖国

张 藜

我和我的祖国
一刻也不能分割
无论我走到哪里
都流出一首赞歌
我歌唱每一座高山
我歌唱每一条河
袅袅炊烟，小小村落
路上一道辙
我最亲爱的祖国
我永远紧依着你的心窝
你用你那母亲的脉搏
和我诉说

我的祖国和我
像海和浪花一朵
浪是那海的赤子
海是那浪的依托
每当大海在微笑

我就是笑的旋涡
我分担着海的忧愁
分享海的欢乐
我最亲爱的祖国
你是大海永不干涸
永远给我碧浪清波
心中的歌

## 阅读鉴赏

《我和我的祖国》采用了抒情和激情相结合的笔调，将优美动人的旋律与朴实真挚的歌词巧妙结合，表达了人们对伟大祖国的衷心依恋和真诚歌颂。

该曲歌词以第一人称的手法诉说了“我和祖国”血脉相连、一刻也不能分离的心情，作者将“我”和“祖国”比喻为孩子和母亲，又将“祖国”和“我”比喻为大海和浪花，这两个具象而生动的比喻，准确又动情，表达了个人和祖国之间亘古不变的情感。作者在力求获得准确、生动的音乐形象的同时，巧妙地将生活中的语言节奏与音乐中的旋律节奏相结合，在使听众听得清、听得懂的基础上，保持了应有的线条美和律动美，从而创造了动人的音乐形象和丝丝入扣的情感表达。

《我和我的祖国》生动形象地表现了每个人和生他养他的祖国的血肉联系，在词曲结合上恰到好处，是一首具有永久魅力、深受人们喜爱的抒情歌曲。

## 诵读指导

**本诗歌可结合歌曲《我和我的祖国》诵读，体会其中的情感内涵。**

**（指导教师　孙秀萍）**

# 祖国啊，我亲爱的祖国

舒 婷

我是你河边上破旧的老水车，
数百年来纺着疲惫的歌；
我是你额上熏黑的矿灯，
照你在历史的隧洞里蜗行摸索
我是干瘪的稻穗，是失修的路基；
是淤滩上的驳船
把纤绳深深
勒进你的肩膊，
——祖国啊！

我是贫困，
我是悲哀。
我是你祖祖辈辈
痛苦的希望啊，
是“飞天”袖间
千百年未落到地面的花朵，
——祖国啊！

我是你簇新的理想，
刚从神话的蛛网里挣脱；
我是你雪被下古莲的胚芽；
我是你挂着眼泪的笑涡；
我是新刷出的雪白的起跑线；
是绯红的黎明
正在喷薄；
—— 祖国啊！

我是你的十亿分之一，
是你九百六十万平方的总和；
你以伤痕累累的乳房
喂养了
迷惘的我、深思的我、沸腾的我；
那就从我的血肉之躯上
去取得
你的富饶、你的荣光、你的自由；
—— 祖国啊，
我亲爱的祖国！

**阅读鉴赏**

爱国是此诗的主题。提起祖国，人们往往会想起历史悠久、幅员辽阔、地大物博……以一种貌似豪放实则空洞的方式去歌颂祖国的强盛伟大。作者反其道而为之，独辟蹊径，直面祖国灾难深重的古老历史和严峻的现实，描绘出一幅幅流动而又凝重的画面，配之以舒缓深沉的节奏，把祖国比拟为伤痕累累的母亲，以赤子之情向母亲倾诉内心的痛苦，表达为祖国的未来而献身的激情和决心。

在诗人的心中，祖国不再是大而空的抽象概念，而是饱经沧桑的过去、贫穷凋敝的现实与光辉灿烂的未来的交织体。作为抒情主体，诗人既是生长在祖国母亲怀抱里的一个简单的个体，又是与祖国一同经受苦难屈辱、一同挣脱羁绊、一同走向希望的统一体。

在此诗中，有诗人面对祖国灾难历史、严峻现实的哀痛，亦有看到祖国摆脱苦难、正欲奋飞的欢悦，更表达了诗人对祖国深沉而热烈的爱，以及诗人作为经历挫折的一代青年，与祖国同呼吸共命运，以自己的血汗去换取祖国富饶、荣光、自由的心声。

此诗宛如一曲多声部的交响乐，共分四节，自然地显示出诗歌思想层次和感情段落。

第一节回顾祖国古老沉重的历史，以“河边上破旧的老水车”“额上熏黑的矿灯”“干瘪的稻穗”“失修的路基”“淤滩上的驳船”等五个典型的意象，生动形象地刻画了祖国灾难深重的过去，表现出祖国母亲在逆境中坚毅、顽强的形象。节末一句“祖国啊！”表达对祖国母亲贫穷落后的理解和对她顽强不屈精神的深深叹服。

第二节过渡，内容上同上一节，也是描写祖国的过去，但角度不同，直抒胸臆，表明祖国的“贫穷”“悲哀”，同时也孕育着“希望”和“花朵”，是贫穷、悲哀和痛苦的希望把“我”和祖国紧紧连在一起。节末一句“祖国啊！”表达出哀怨的深情。

第三节描写现实，以“簇新的理想”“古莲的胚芽”“挂着眼泪的笑涡”“雪白的起跑线”“绯红的黎明”等一系列密集的意象，表达了刚从“文革”的噩梦中苏醒过来，解放思想、实事求是的那种“带泪的笑”。 走过艰难和曲折，在新的时代来临之际，“我”将带着“簇新的理想”和祖国一起奋飞和奔跑。节末的一句“祖国啊！”表达了诗人的希望和欢欣。至此，感情的基调已由低沉转为上扬。

第四节展望未来，表达诗人对祖国深沉而热烈的爱。曾经迷惘的“我”经过深思，如今情感已沸腾，“我”愿意为祖国的富饶、荣光和自由奉献“我”的血肉之躯。篇末的“祖国啊，我亲爱的祖国！”将全诗的感情推向高潮，形成全诗的最强音。

## 诵读指导

此诗旨在表达诗人对祖国的一片深情。与以往同类诗作相比，它具有鲜明的时代特征与个性特色——既有当代青年迷惘的痛苦与欢欣的希望，又有女儿对祖国母亲的忧虑与甘于献身祖国建设的真情。为表达这种赤子的深情，诗人采用了由低沉缓慢走向高亢迅疾的节奏。开始，诗人以赤子的目光，扫描着祖国的贫穷与落后，抒发悲哀痛苦的心情：“我是你河边上破旧的老水车，数百年来纺着疲惫的歌……”然后，诗人以拳拳的儿女之心，表达着哀怨的深情：“我是你祖祖辈辈/痛苦的希望啊，是‘飞天’袖间/千百年未落到地面的花朵……”在痛苦之后，诗人又表达出希望的欢欣，“我是你簇新的理想”“我是你挂着眼泪的笑涡”“是绯红的黎明/正在喷薄”，为实现这美好的希望，诗人表达了一种甘于献身的愿望：“那就从我的血肉之躯上/去取得/你的富饶、你的荣光、你的自由”。

诗的每一节都用“祖国啊！”作为结尾。第一节的“祖国啊！”是深沉的感叹，表达出难以言状的悲哀；第二节的“祖国啊！”是痛苦的呼唤，饱含着几多痛苦、几多希望；第三节的“祖国啊！”是欣喜的呼唤，流露着诗人抑制不住的喜悦；第四节的“祖国啊，我亲爱的祖国！”是庄严的誓词，倾吐了献身祖国的热望。四个“祖国啊”反复吟咏，将感情逐层推进，给全诗营造了回肠荡气的咏叹气氛。

**（指导教师　孙秀萍）**

# 我用残损的手掌

戴望舒

我用残损的手掌
摸索这广大的土地：
这一角已变成灰烬，
那一角只是血和泥；
这一片湖该是我的家乡，
（春天，堤上繁花如锦幛，
嫩柳枝折断有奇异的芬芳，）
我触到荇藻和水的微凉；
这长白山的雪峰冷到彻骨，
这黄河的水夹泥沙在指间滑出；
江南的水田，你当年新生的禾草
是那么细，那么软……现在只有蓬蒿；
岭南的荔枝花寂寞地憔悴，
尽那边，我蘸着南海没有渔船的苦水……
无形的手掌掠过无限的江山，
手指沾了血和灰，手掌沾了阴暗，
只有那辽远的一角依然完整，
温暖，明朗，坚固而蓬勃生春。
在那上面，我用残损的手掌轻抚，

像恋人的柔发，婴孩手中乳。
我把全部的力量运在手掌
贴在上面，寄与爱和一切希望，
因为只有那里是太阳，是春，
将驱逐阴暗，带来苏生，
因为只有那里我们不像牲口一样活，
蝼蚁一样死……
那里，永恒的中国！

**阅读鉴赏**

戴望舒，浙江杭县（今杭州）人，现代诗人，现代诗派的代表作家，因其创作的《雨巷》被广泛传诵而被称为“雨巷诗人”。1942年春，戴望舒因为在报纸上编发宣传抗战的诗歌被日寇逮捕入狱，受尽种种酷刑，但他并没有屈服。1942年5月，他被保释出狱，身体已被折磨得异常虚弱。《我用残损的手掌》即写于他出狱不久的日子里。

这首诗可分为两个部分。第一部分表现诗人对祖国命运的深切关注：虽然自己的手掌已经“残损”，却仍然要摸索祖国“广大的土地”，触到的只是“灰烬”“血和泥”，从而感觉到祖国笼罩在苦难深重的“阴暗”之中。第二部分写诗人的手终于摸到了“那辽远的一角依然完整”，没有被侵略者蹂躏的解放区，诗人对这块象征着“永恒的中国”的土地发出了深情赞美。描写沦陷区的阴暗从实处着笔，用富有特征的画面缀连。赞美解放区的明丽侧重于写意，倾诉挚爱和柔情，加之亲切温馨的比喻，呈现和煦明媚的色彩。这首诗是诗人在艰难困苦中坚守爱国精神的真实写照。

## 诵读指导

诵读这首诗，首先要感受抒情主人公形象，体会作者将内心的创痛化为残损的手掌，将对祖国的挚爱、河山沦落的痛惜化为深情的抚摸，从而表达出关注国家和民族的前途命运、坚信美好未来的深厚情感。诗中两句一韵，诵读时要体会出感情流动的跌宕起伏，前半部分应舒缓低沉，后半部分要逐渐高昂。

戴望舒认为：诗的韵律不在字的抑扬顿挫上，而在诗的情绪的抑扬顿挫上，即在诗情的程度上。诵读本诗不仅要关注字面音调所形成的抑扬顿挫的韵味美，更要形成内在情绪，伴随着诗歌的感情变化起伏跌宕。诵读全诗，语速应该越来越快，形成悲喜交加的激情，体会作者渴望光明、追求真理的赤子之心。例如“因为 / 只有那里 / 是太阳，是春”，“因为 / 只有那里 / 我们 / 不像 / 牲口一样 / 活，蝼蚁一样 / 死……那里，永恒的 / 中国！”诵读时感情要饱满、高亢，表达出作者对解放区的赞美。

（指导教师　叶冬波）

# 相信未来

**食 指**

当蜘蛛网无情地查封了我的炉台，
当灰烬的余烟叹息着贫困的悲哀，
我依然固执地铺平失望的灰烬，
用美丽的雪花写下：相信未来。

当我的紫葡萄化为深秋的露水，
当我的鲜花依偎在别人的情怀，
我依然固执地用凝霜的枯藤，
在凄凉的大地上写下：相信未来。

我要用手指那涌向天边的排浪，
我要用手掌那托住太阳的大海，
摇曳着曙光那枝温暖漂亮的笔杆，
用孩子的笔体写下：相信未来。

我之所以坚定地相信未来，
是我相信未来人们的眼睛，
她有拨开历史风尘的睫毛，
她有看透岁月篇章的瞳孔。

不管人们对于我们腐烂的皮肉，
那些迷途的惆怅、失败的苦痛，
是寄予感动的热泪、深切的同情，
还是给以轻蔑的微笑、辛辣的嘲讽。

我坚信人们对于我们的脊骨，
那无数次的探索、迷途、失败和成功，
一定会给予热情、客观、公正的评定，
是的，我焦急地等待着他们的评定。

朋友，坚定地相信未来吧，
相信不屈不挠的努力，
相信战胜死亡的年轻，
相信未来、热爱生命。

## 阅读鉴赏

《相信未来》这首诗是当时批判现实的代表作，写于1968年，正值“文革”时期，诗人在经历了初期的盲动，被政治浪潮冲向农村“广阔天地”之后，对“文革”已有了一些较为清醒的看法，特别是对“文革”中个人命运的遭遇有了切身的感受，曾经有过的热烈、单纯的理想遭到了狂风暴雨的冲刷。诗人内心充满了失落、迷茫和悲哀，但他又不甘于轻易地放弃理想和希望。于是，希望与绝望的剧烈冲突经由他的笔端流淌出来。在这样一个混乱、迷惘的年代，诗人和有相同境遇的人深深感到命运的悲剧性，随即写下这首诗来自我鼓励，恪守自己对明天的承诺。

诗的前三节排山倒海般地推出诗的主旨：相信未来。第一节紧扣“灰烬”这一意象，因为“灰烬”是万念俱灰的象征，但诗人最终铺平灰烬，吼一声：“相信未来。”第二节的起句“当我的紫葡萄化为深秋的露水”极富诗意，而“葡萄”和“露水”的转换因其形象的同质，显得那么自然。秋去冬来，注定了“深秋的露水”稍纵即逝，伤感、惆怅、失落，全由这一诗句汩汩溢出！而“凝霜的枯藤”的紧随，更加重了诗所渲染的失望气氛，但诗人接下来笔锋一转，又吼一声：“相信未来。”第三节诗人一反沉闷的笔调，用了“排浪”“太阳”“大海”“曙光”等有力度的、暖色调的词，推出宏大的画面：“用手指那涌向天边的排浪”“用手掌那托住太阳的大海”，而后吼一声：“相信未来。”

说是“吼”，其实在诗中表现为“写下”。第一次写下“相信未来”是“用美丽的雪花”；第二次写下“相信未来”是“在凄凉的大地上”；第三次写下“相信未来”是“用孩子的笔体”。雪花终究会融化，“相信未来”并不能长久存在；孩子的笔体稚嫩得很，怎负荷“相信未来”的重量；倒是“凄凉的大地”，也许更能承托起“相信未来”的一片丽日晴空。三度写下“相信未来”，与其说可以看出诗人的底气稍显不足，毋宁认定此乃诗人一颗诗心的烂漫表露。

如果说诗的前三节是抒怀，抒发在逆境、困境、厄境中生活的人们“相信未来”的情怀，那么诗的后四节则是言志，将“相信未来”的情怀凝固成牢不可破的坚实信念。所以，诗的后三节不以形象取胜，而以劲健挺拔、铿锵有力的警句见长，比如说“未来人们的眼睛”有“拨开历史风尘的睫毛”“看透岁月篇章的瞳孔”，所以“相信未来”；说“我们的脊骨”，经历“无数次的探索、迷途、失败和成功”，后人“一定会给予热情、客观、公正的评定”，所以相信未来。

第七节是收尾，诗人以一连串的排比作结：“相信不屈不挠的努力 / 相信战胜死亡的年轻 / 相信未来，热爱生命”，语句质朴，却有极强的感染力。

《相信未来》的外在形式和思维框架，虽然仍是一般的政治抒情诗的范式，但已经挣脱了那个年代诗歌沦为政治传声筒的羁绊，因此此诗一问世就被人们谱成歌曲，传唱四方。

**诵读指导**

诵读这首诗首先要理解诗歌表达的情感，诗歌的前三节反复强调“相信未来”的主旨，诗歌的最后是以坚定的态度表达对未来的期盼，诵读这些地方时感情要逐层递进，如排浪般逐渐高亢。节奏方面需要重视领字，例如“当蜘蛛网无情地查封了我的炉台”中的“当”要稍微停顿一下，从而为后面的抒情做好蓄势铺垫。一些情感鲜明的修饰词要重读，这样可以更好地体现诗人的情感，例如“我依然固执地铺平失望的灰烬”中的“依然”、“我之所以坚定地相信未来”中的“坚定”都要重读，要读出自信慷慨、坚强不屈的态度。

需要说明的是，每个层次强调的“相信未来”，可以重读，也可以用舒缓的语气来读，后者更容易驾驭，这样不显得突兀，但是每个字一定要吐字清晰，发音完整。诗歌中如果都是重读等于没有重读，诗人对现实的挖掘或是对痛苦的倾诉就不要重读，例如，“不管人们对于我们腐烂的皮肉，那些迷途的惆怅、失败的苦痛”，这句话的感情基调是悲情的、苦痛的，可以慢慢读出来。

（指导教师 吴涛）

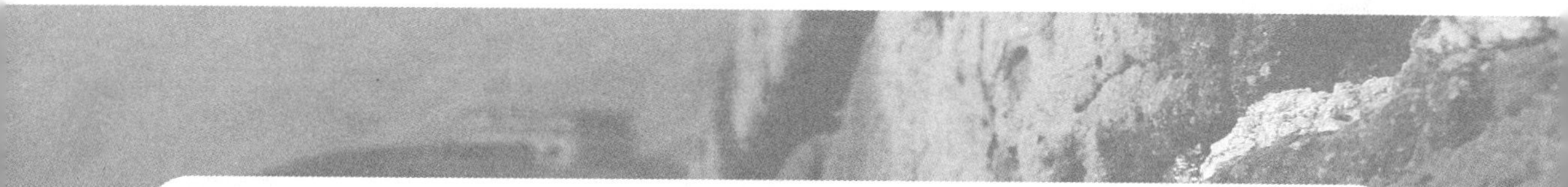

# 心田上的百合花

林清玄

在一个偏僻遥远的山谷里，有一个高达数千尺的断崖。不知道什么时候，断崖边上长出了一株小小的百合。

百合刚刚诞生的时候，长得和杂草一模一样。但是，它心里知道自己并不是一株野草。

它的内心深处，有一个内在的纯洁的念头："我是一株百合，不是一株野草。唯一能证明我是百合的办法，就是开出美丽的花朵。"有了这个念头，百合努力地吸收水分和阳光，深深地扎根，直直地挺着胸膛。

终于，在一个春天的早晨，百合的顶部结出了第一个花苞。

百合的心里很高兴，附近的杂草却都不屑，它们在私底下嘲笑着百合："这家伙明明是一株草，偏偏说自己是一株花，还真以为自己是一株花，我看它顶上结的不是花苞，而是头上长瘤了。"

公开的场合，它们讥笑百合："你不要做梦了，即使你真的会开花，在这荒郊野外，你的价值还不是跟我们一样？"

偶尔也有飞过的蜂蝶鸟雀，它们也会劝百合不用那么努力开花："在这断崖边上，纵然开出世界上最美的花，也不会有人来欣赏呀！"

百合说："我要开花，是因为我知道自己有美丽的花；我要开花，是为了完成作为一株花的庄严生命；我要开花，是由于自己喜欢以花来证明自己的存在。不管有没有人欣赏，不管你们怎么看我，我都要开花！"

在野草和蜂蝶的鄙夷下，野百合努力地释放着内心的能量。有一天，它终于开花了，它那灵性的洁白和秀挺的风姿，成为断崖上最美丽的颜色。

这时候，野草与蜂蝶，再也不敢嘲笑它了。

百合花一朵朵地盛开着，它花上每天都有晶莹的水珠，野草们以为那是昨夜的露水，只有百合自己知道，那是极深沉的欢喜所结的泪滴。

年年春天，野百合努力地开花、结籽。它的种子随着风，落在山谷、草原和悬崖边上，到处都开满洁白的野百合。

几十年后，远在千百里外的人，从城市，从乡村，千里迢迢赶来欣赏百合花。许多孩童跪下来，闻嗅百合花的芬芳；许多情侣互相拥抱，许下了“百年好合”的誓言；无数的人看到这从未有过的美，感动得落泪，触动内心那纯洁温柔的一角。

那里，被人们称为“百合谷地”。

不管别人怎么欣赏，满山的百合都谨记着第一株百合的教导：“我们要全心全意默默地开花，以花来证明自己的存在。”

**阅读鉴赏**

一株小小的野百合，演绎出一段美丽而又令人感动的故事。这就是作家林清玄的散文《心田上的百合花》。一个小小的“心灵”，为了心中那个美好的愿望，竟是如此执着和坚韧。它，的确不是一株野草。

“偏僻遥远的山谷”“数千尺高的断崖”，预示了野百合追求美好愿望的道路必然艰难曲折。恶劣的生长环境，并没有消磨它作为花的天性，虽然它刚诞生时长得跟其他野草一模一样。但一个坚定的念头在它的心中悄悄萌生：我要开花，我要以花作证。为此，它“努力地吸收水分和阳光，深深地扎根，直直地挺着胸膛”，与自然环境顽强地抗争。

如果说与生长环境的抗争，只是野百合为实现美好心愿迈出的第一步的话，那么，野草的讥讽、蜂蝶的鄙夷才是野百合面对的更严酷的考验。野百合是执着的，面对野草的嘲笑、蜂蝶的鄙夷，坚定的信念始终没有动摇：“不管有没有人欣赏，不管你们怎么看我，我都要开花！”

不事张扬的野百合，用自己的行动默默抗争，独行其道，终成“正果”：“它终于开花了，它那灵性的洁白和秀挺的风姿，成为断崖上最美丽的颜色。”这花是信念的结晶，是心血的凝聚。野百合终于实现了自己的价值。正因为这美丽来之不易，所以当百合谷成为人们的“圣地”之时，每一朵野百合都能谨记第一朵百合的教导：“全心全意默默地开花，以花来证明自己的存在。”

林清玄多次提到影响他性格和写作风格的母亲。他说，小时候母亲曾告诫他，写东西时“有趣味的你要多写一点，与别人分享；辛酸的少写一点，留着自己晚上回房间里哭就行了。因为人生已经够艰辛了，人家来读你的文章，应该从你的作品里得到安慰，得到启发，得到提升”。而《心田上的百合花》则巧妙地将趣味与辛酸结合起来，以趣味书写辛酸，使人从中“得到安慰，得到启发，得到提升”。他认为人的富有即是人心灵中某些高贵物质的展现。野百合的形象，正是林清玄心中的“富人”的形象。林清玄就是企图用文学的语言，表达一些开启时空智慧的概念，表达一个人应该如何舍弃和实践，才能走上智慧的道路这一生活哲理。

在林清玄看来，人生的美分为三个层次：第一个层次是欲望、物质带来的美；第二个层次是文化、艺术、文明带来的美的满足；第三个层次是灵性、精神的美，这是最高境界的美。他信奉“尽心就是完美”，而野百合就是这样一个因“尽心”而近乎“完美”的形象，真正实现了“灵性、精神的美”。

《心田上的百合花》所展现的正是林清玄追求的做人最高境界：以清净心看世界，以欢喜心过生活，以平常心生情味，以柔软心除挂碍。“大其愿，坚其志，细其心，柔其气”的人生准则在野百合身上得到了完美的体现。

**诵读指导**

散文诵读一定要朴实自然，给人以贴近感、亲切感，不可装腔作势。诵读的基本过程是：看——想——悟——读。

散文的阅读基调是平缓的，没有大的起伏，即使是文中的高潮部分，也不能像演讲一样异军突起、慷慨激扬。诵读时要运用中等的语速、柔和的音色，即便是需要强调的内容，一般也是要用拉长音的方式处理，而不是加重语气。

文中开篇的叙述语句“在一个偏僻遥远的山谷里，有一个高达数千尺的断崖。不知道什么时候，断崖边上长出了一株小小的百合”就需要以中等的语速，柔和的音色去诵读，就像那平静的溪水，缓缓流淌。

“我是一株百合，不是一株野草。唯一能证明我是百合的办法，就是开出美丽的花朵”这一句中“是”“不是”“一株”“百合”“野草”等词语，具有明显的志向、情感表露，所以诵读时一定要将字音略微加长，起到强调突出的效果。

下文中“我要开花……；我要开花……；我要开花……。”是本文中一个重要的排比句式，诵读时要适当加强语气，充分表达出作者的情感态度和价值追求。

诵读时，读者对文本内容及蕴含其中的情感基调、价值追求的整体把握是读好一篇散文的关键，这种理解与诵读者声音的融合，才能创造艺术，才能做到：“情到声到，声到情显。”

（指导教师　吴涛）

# 理 想

**流沙河**

理想是石，敲出星星之火；
理想是火，点燃熄灭的灯；
理想是灯，照亮夜行的路；
理想是路，引你走到黎明。

饥寒的年代里，理想是温饱；
温饱的年代里，理想是文明。
离乱的年代里，理想是安定；
安定的年代里，理想是繁荣。

理想如珍珠，一颗缀连着一颗，
贯古今，串未来，莹莹光无尽。
美丽的珍珠链，历史的脊梁骨，
古照今，今照来，先辈照子孙。

理想是罗盘，给船舶导引方向；
理想是船舶，载着你出海远行。
但理想有时候又是海天相吻的弧线，

可望不可即，折磨着你那进取的心。

理想使你微笑地观察着生活；
理想使你倔强地反抗着命运。
理想使你忘记鬓发早白；
理想使你头白仍然天真。

理想是闹钟，敲碎你的黄金梦；
理想是肥皂，洗濯你的自私心。
理想既是一种获得，
理想又是一种牺牲。

理想如果给你带来荣誉，
那只不过是它的副产品，
而更多的是带来被误解的寂寥，
寂寥里的欢笑，欢笑里的酸辛。

理想使忠厚者常遭不幸；
理想使不幸者绝处逢生。
平凡的人因有理想而伟大；
有理想者就是一个“大写的人”。

世界上总有人抛弃了理想，
理想却从来不抛弃任何人。

给罪人新生，理想是还魂的仙草；
唤浪子回头，理想是慈爱的母亲。

理想被玷污了，不必怨恨，
那是妖魔在考验你的坚贞；
理想被扒窃了，不必哭泣，
快去找回来，以后要当心！

英雄失去理想，蜕作庸人，
可厌地夸耀着当年的功勋；
庸人失去理想，碌碌终生，
可笑地诅咒着眼前的环境。

理想开花，桃李要结甜果；
理想抽芽，榆杨会有浓荫。
请乘理想之马，挥鞭从此起程，
路上春色正好，天上太阳正晴。



**阅读鉴赏**

流沙河（1931—2019），原名余勋坦，著名当代诗人。流沙河一生坎坷，1957 年被错划为“右派分子”，1978 年平反昭雪，重回文联工作，此时他已经 48 岁，仍然对理想矢志不渝，欣然提笔写下这首诗。诗人主要是借助比喻的手法，形象地阐述道理、赞美理想。先是用“灯”“珍珠”“罗盘”等形象化的比喻把“理想”具体化了，使读者能准确理解“理想”的内涵。接着写理想在指引人生方面起到的巨大作用。理想能给人以巨大的精神力量，它“使你微笑地观察生活”“倔强地反抗命运”。理想又能给人以警醒，它“是闹钟，敲碎你的黄金梦”。理想对不同的人具有不同的作用，它有时使“忠厚者常遭不幸”，也可以“给罪人新生”。火一样的热情流淌在诗歌中，让我们体会到了诗人乘上“理想之马”，挥鞭启程的豪情壮志。

## 诵读指导

本诗是一首哲理诗，作者运用贴切的修辞对抽象的理想的内涵进行了多方面的阐述，多角度、层次分明地赞美理想。从理想的方向意义、历史意义、人格意义、人生意义等角度，逐层展开和赞美理想。在诵读时，我们既要展现作者笔下理想丰富的内涵，更要展现出作者饱满的热情、坚定的信念和对人生理想的执着追求。

全诗共 12 节，分三部分。

第一部分（第 1 节）总说理想的意义。四个“顶针”比喻，形象地说明理想是前进的方向。这是本诗的开篇部分，情感平缓，从总体上阐述理想的指引作用，诵读时语调不宜太高，语速不宜太慢。

第二部分（第 2 ~ 11 节）分说理想的意义，分三层。

第 1 层（第 2 ~ 3 节）：理想的历史意义。理想具有时代性、连续性。本层次在阐述理想的内涵的同时也包含生活的哲理，诗人的情绪由开篇的昂扬转入低沉的思考。我们结合作者的生平经历，可以理解诗句传达出的作者的时代之思。在不同的时代，每个人的理想虽具有个体性但终究要汇入时代的洪流。在诵读时宜用低沉的语调、缓慢的节奏来传达诗人深沉的哲思。

第 2 层（第 4 ~ 9 节）：理想的人格意义。理想之实现具有艰巨性、长期性。作者在诗歌中写到“但理想有时候又是海天相吻的弧线”“可望不可即，折磨着你那进取的心”，这些诗句传达出实现理想的艰巨性，诗人的情绪与前一层次相比更显低沉。在诵读时宜以低沉的语调、缓慢的节奏，表现出诗人心中的低落和深思。

第 3 层（第 10 ~ 11 节）：理想的人生意义。正反对比，突出理想对于人生的重要性。“长风破浪会有时，直挂云帆济沧海”“天生我材必有用，千金散尽还复来”，在李白的诗歌中蕴藏着中华民族昂扬进取的人生态度，这与本层次所传达的情绪是一致的。经过上两个层次的“低沉和沉思”，本层次作者的情绪再次转入积极进取。在诵读时，要用高昂的语调来传达此时诗人内心的情思。

第三部分（第12节）总结理想实践的意义。鼓舞人们树立理想，为理想而奋斗。这是本篇的结尾章节，诗人在诗歌中描绘了绚丽的图画。在诗歌的结尾，诗人以极大的热情鼓舞读者心怀理想、坚持不懈地向着理想前进。在诵读时，建议同学们语调激昂，声音洪亮，语速不宜太快。

诵读诗歌，讲究抑扬顿挫，而这抑扬顿挫与诗歌的情感起伏又是紧紧相依相随的。诵读一首诗歌，就是探究诗人内心情感起伏的过程，更是与作者甚至是与听众隔空交流、情感共鸣的旅程，这也正是诗歌诵读艺术的魅力所在。

**（指导教师　杨喜婷）**

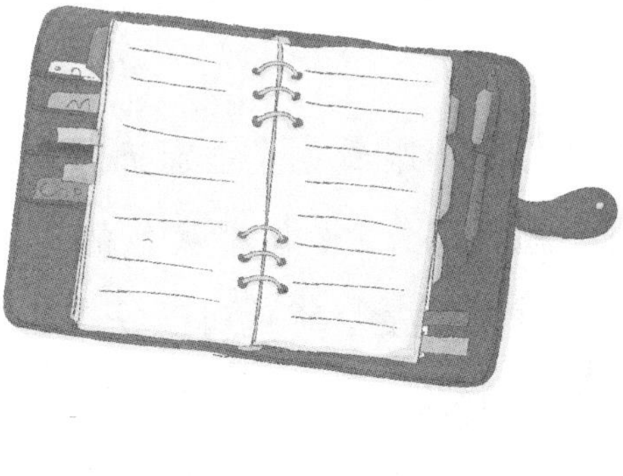

# 白杨礼赞

茅 盾

白杨树实在是不平凡的，我赞美白杨树！

当汽车在望不到边际的高原上奔驰，扑入你的视野的，是黄绿错综的一条大毯子。黄的是土，未开垦的荒地，几百万年前由伟大的自然力堆积成功的黄土高原的外壳；绿的呢，是人类劳力战胜自然的成果，是麦田，和风吹送，翻起了一轮一轮的绿波——这时你会真心佩服昔人所造的两个字“麦浪”，若不是妙手偶得，便确是经过锤炼的语言的精华。黄与绿主宰着，无边无垠，坦荡如砥，这时如果不是宛若并肩的远山的连峰提醒了你，你会忘记了汽车是在高原上行驶。这时你涌起来的感想也许是“雄壮”，也许是“伟大”，诸如此类的形容词；然而同时你的眼睛也许觉得有点倦怠，你对当前的“雄壮”或“伟大”闭了眼，而另一种的味儿在你心头潜滋暗长了——“单调”。可不是，单调，有一点儿吧？

然而刹那间，要是你猛抬眼看见了前面远远有一排——不，或者甚至只是三五株，一株，傲然地耸立，像哨兵似的树木的话，那你的恹恹欲睡的情绪又将如何？我那时是惊奇地叫了一声的。

那就是白杨树，西北极普通的一种树，然而实在是不平凡的一种树。

那是力争上游的一种树，笔直的干，笔直的枝。它的干呢，通常是丈把高，像是加以人工似的，一丈以内绝无旁枝。它所有的丫枝呢，一律向上，而且紧紧靠拢，也像是加以人工似的，成为一束，绝不横逸斜出。它的宽大的叶子也是片片向上，几乎没有斜生的，更不用说倒垂了；它的皮光滑而有银色的晕圈，微微泛出淡青色。这是虽在北方的风雪的压迫下却保持着倔强挺立的一种树。哪怕只有碗那样粗细罢，它却努力向上发展，高到丈许，两丈，参天耸立，不折不挠，对抗着西北风。

这就是白杨树，西北极普通的一种树，然而决不是平凡的树！

它没有婆娑的姿态，没有屈曲盘旋的虬枝，也许你要说它不美丽。如果美是专指“婆娑”或“横逸斜出”之类而言，那么，白杨树算不得树中的好女子。但是它却伟岸，正直，朴质，严肃，也不缺乏温和，更不用提它的坚强不屈与挺拔，它是树中的伟丈夫！当你在积雪初融的高原上走过，看见平坦的大地上傲然挺立这么一株或一排白杨树，难道你就觉得它只是树？难道你就不想到它的朴质，严肃，坚强不屈，至少也象征了北方的农民？难道你竟一点也不联想到，在敌后的广大土地上，到处有坚强不屈，就像这白杨树一样傲然挺立的守卫他们家乡的哨兵？难道你又不更远一点想到，这样枝枝叶叶靠紧团结，力求上进的白杨树，宛然象征了今天在华北平原纵横决荡，用血写出新中国历史的那种精神和意志？

白杨不是平凡的树。它在西北极普遍，不被人重视，就跟北方的农民相似；它有极强的生命力，磨折不了，压迫不倒，也跟北方的农民相似。我赞美白杨树，就因为它不但象征了北方的农民。尤其象征了今天我们民族解放斗争中所不可缺的朴质，坚强，力求上进的精神。

让那些看不起民众，贱视民众，顽固的倒退的人们去赞美那贵族化的楠木，去鄙视这极常见，极易生长的白杨树罢，我要高声赞美白杨树！

**阅读鉴赏**

这篇散文写于中国人民抗日战争最艰苦的时期。由于国民党消极抗日，积极反共，抗日民族统一战线濒于分裂，中国共产党进行着艰苦卓绝的抗日战争。1940 年 5 月，茅盾离开新疆返回内地，受朱德同志邀请前往延安。在延安参观讲学期间，亲身体察了解放区军民的斗争生活，看到了抗日军民团结战斗的精神风貌，留下了深刻的印象。皖南事变后，作者借礼赞西北高原上的白杨树来表达对北方抗日军民的热爱和赞美之情，便写下了此文。

全文可分为五个部分。

第一部分为第一段，点明题旨，直抒对白杨树的热烈赞美之情，总起全文。

第二部分为第二段至第四段，描写西北高原的雄伟景象，引出白杨树。文章开头点出白杨树“不平凡”后，不写白杨树怎样的“不平凡”，而是调转笔锋，先写“扑入”“视野”的高原风貌，运用化静为动的手法，绘出一幅生机勃勃的高原风景画：初看，黄绿错综，无边无垠、坦荡如砥；细瞧，近处麦浪翻滚，远处连峰起伏。作者把自己置身画面中，写出了在此时此地的感受:“雄壮”“伟大”，但又有些“单调”。这为正式描写白杨树做了环境铺垫和气氛渲染。第三段，作者用“刹那间”“猛抬眼”把视线引向“傲然地耸立，像哨兵似的树木”，但又不立即说出这种树木的名字，而是用一设问句来提醒，有如身临其境。接着用自己的惊奇之感来点出悬念。第四段，作者才点出“那就是白杨树”，并用一个转折复句对白杨树做了热情赞颂，敬意油然而生，深感“白杨树实在是不平凡的”。

第三部分为第五段至第六段，赞颂白杨树力争上游、紧密团结、不屈不挠的精神。第五段一开头，作者就用“力争上游”点明白杨树的外观体现的精神气质，接着连用两个“笔直”突出了白杨树体现这种精神气质的外观特点。再接着具体描绘了白杨树：干，“通常是丈把高，像是加以人工似的，一丈以内绝无旁枝”，丫枝，“一律向上”“紧紧靠拢”“绝不横逸斜出”；叶，“片片向上，几乎没有斜生的，更不用说倒垂了”；皮，“光滑而有银色的晕圈，微微泛出淡青色”。然后由形进一步深入到神，高度赞颂了白杨树“努力向上”“不屈不挠”的坚强性格。第六段，作者再次直抒胸臆，突出了白杨树的“不平凡”。

第四部分为第七至第八段，歌颂白杨树朴实的风格、内在的美质，由树及人地概括白杨的象征意义。作者用别具一格的审美眼光，从白杨树的朴实风格、内在的美质，联想到中国共产党领导下的“北方的农民”，守卫家乡的“哨兵”以及他们团结一致、坚持抗战，用血写出了新中国历史的革命精神和意志。文章一连用四个反诘语气的句式，层层联想开去，一气呵成，感情激越，气势不凡。第八段囊括上文。白杨树的象征含义在作者反复吟咏不平凡的白杨树“跟北方的农民相似”的赞语中，感情浓烈地揭示了出来。

第五部分为最后一段，斥责那些贱视民众、顽固倒退的人们，再一次赞美白杨树。作者把“贵族化的楠木”与“极常见、极易生长的白杨树”进行对比，一“那”一“这”，表现出界线分明的爱憎。结句再次点题，回应开头，简洁有力。

如果这篇作品单是为写白杨树而写白杨树，自然也不失为一篇描写风物的佳作，但格调却要低得多。此文的成就，在于作者采用了象征手法，使文章寓有了更深的意义。

文章一开头就点题，热情赞颂白杨树不平凡，但却不紧接着描绘其不平凡的面貌，而是把文笔宕开，去描写高原的景色。这就使文章有了曲折。当写到对高原产生单调之感后，突然转向白杨树的描写，犹如异峰突起，精神为之一振，感情趋向炽烈。在具体描写了白杨树不平凡之后，作者又先抑一笔，说它“算不得树中的好女子”，使文章的情绪又沉下来。接着用“但是”一转，称赞白杨树是“树中的伟丈夫”。同时展开丰富的联想，层层深入地揭示出它的象征意义，文章的思想开拓出新的境界，作者的感情也达到了高峰。最后斥责那些鄙视白杨树的人，使感情又来了一个回旋。结尾照应开头，再一次“高声赞美白杨树”，感情炽烈，又使全文意境完整。

总体来说，这篇散文不仅思想内涵丰富，在艺术上也极具感染力。作者以白杨树象征“真人真地”，立意奇妙，在画面上的形象和气势，既明朗又委婉。为了突出白杨树，作者在环境描写上颇为讲究，衬托了白杨树的壮丽、挺拔的气质和形象。文章布局整饬而又层层深化，围绕讴歌白杨树，从外形到内核各个层面深入抒发情感，同时开头、结尾相互呼应，强化了主题。

**诵读指导**

“诵读”既包含朗读的基本特征，又合理运用了朗诵的相关手段，它是对课文内容自我感受、自我体验、自我欣赏的一种读书方式。诵读注重的是“口到心到”。“口到”即吐字清晰，声音洪亮；“心到”即专心体验，用情发声。

读《白杨礼赞》，要做到正确流利、字正腔圆、声音响亮；透彻理解内容，感悟思想情感，读文过程中要把握文章主旨。作者以白杨树象征中国共产党及其领导下的敌后抗日根据地的广大军民，歌颂他们团结战斗、不屈不挠、坚持抗战到底的崇高精神和坚强意志。了解主题，确定基调，理清要点，加深理解，了解背景，体会语境，推导语义，细抠文章的重点，进入情境，进入角色。如作者写高原、写白杨，选用的词语都十分精当、贴切。如写高原的“大”，用“无边无垠”，写高原的“平”，用“坦荡如砥”；写白杨的高大，则用“伟岸”“挺拔”“参天耸立”“傲然地耸立”。同是赞美白杨的“不平凡”，却用不同的句式，显出感情的变化。开头说“白杨树是不平凡的”，是从正面肯定了白杨树超凡的气质，之后反复强调白杨树“不是平凡的”，改肯定为否定句式，是从象征意义上驳斥了那种轻视北方民众抗日斗争的观点，以更激越的感情赞美白杨树超凡的精神气质。

诵读文章时要讲究音韵节奏的变化，结合具体语境使节奏、声调相应地富于变化，准确生动地表现文章的内容与情感，在声音形象上体现出美感，要用心内化传情，实现语言积累。

（指导教师　崔冬梅）

# 西湖漫笔

宗 璞

平生最喜欢游山逛水。这几年来，很改了不少闲情逸致，只在这山水上头，却还依旧。那五百里滇池粼粼的水波，那兴安岭上起伏不断的绿沉沉的林海，那开满了各色无名的花儿的广阔的呼伦贝尔草原，以及那举手可以接天的险峻的华山……，曾给人多少有趣的思想，曾激发起多少变幻的感情。一到这些名山大川异地胜景，总会有一种奇怪的力量震荡着我，几乎忍不住要呼喊起来：“这是我的伟大的、亲爱的祖国。”

然而在足迹所到的地方，也有经过很长久的时间，我才能理解，欣赏的。正像看达文西的名画《永远的微笑》，我曾看过多少遍，看不出她美在哪里，在看过多少遍之后，一次又拿来把玩，忽然发现那温柔的微笑，那嘴角的线条，那手的表情，是这样无以名状的美，只觉得眼泪直涌上来。山水，也是这样的，去上一次两次，可能不会了解它的性情，直到去过三次四次，才恍然有所悟。

我要说的地方，是多少人说过写过的杭州。六月间，我第四次去到西子湖畔，距第一次来，已经有九年了。这九年间，我竟没有说过西湖一句好话。发议论说，论秀媚，西湖比不上长湖天真自然，楚楚有致；论宏伟，比不上太湖，烟霞万顷，气象万千——好在到过的名湖不多，不然，不知还有多少谬论。

奇怪得很，这次却有着迥乎不同的印象。六月，并不是好时候，没有花，没有雪，没有春光，也没有秋意。那几天，有的是满湖烟雨，山光水色，俱是一片迷蒙。西湖，仿佛在半醒半睡。空气中，弥漫着经了雨的栀子花的甜香。记起东坡诗句:“水光潋滟晴方好，山色空濛雨亦奇。”便想东坡自是最了解西湖的人，实在应该仔细观赏，领略才是。

正像每次一样，匆匆的来又匆匆的去。几天中我领略了两个字，一个是“绿”，只凭这一点，已使我流连忘返。雨中去访灵隐，一下车，只觉得绿意扑眼而来。道旁古木参天，苍翠欲滴，似乎飘着的雨丝儿也都是绿的，飞来峰上层层叠叠的树木，有的绿得发黑，深极了，浓极了；有的绿得发蓝，浅极了，亮极了。峰下蜿蜒的小径，布满青苔，直绿到了石头缝里。在冷泉亭上小坐，直觉得遍体生凉，心旷神怡。亭旁溪水琮净，说是溪水，其实表达不出那奔流的气势，平稳处也是碧澄澄的，流得急了，水花飞溅，如飞珠滚玉一般，在这一片绿色的影中显得分外好看。

西湖胜景很多，各处有不同的好处，即便一个绿色，也各有不同。黄龙洞绿得幽，屏风山绿得野，九溪十八涧绿得闲。不能一一去说。漫步苏堤，两边都是湖水，远水如烟，近水着了微雨，也泛起一层银灰的颜色。走着走着，忽见路旁的树十分古怪，一棵棵树身虽然离得较远，却给人一种莽莽苍苍的感觉，似乎是从树梢一直绿到了地下。走近看时，原来是树身上布满了绿茸茸的青苔，那样鲜嫩，那样可爱，使得绿荫荫的苏堤，更加绿了几分。有的青苔，形状也很有趣，如耕牛，如牧人，如树木，如云霞，有的整片看来，布局宛然，如同一幅青绿山水。这种绿苔，给我的印象是坚忍不拔，不知当初苏公对它们印象怎样。

在花港观鱼，看到了又一种绿。那是满地的新荷，圆圆的绿叶，或亭亭立于水上，或婉转靠在水面，只觉得一种蓬勃的生机，跳跃满池。绿色，本来是生命的颜色，我最爱看初春的杨柳嫩枝，那样鲜，那样亮，柳枝儿一摆，似乎蹬着脚告诉你，春天来了。荷叶，则要持重一些，初夏，则更成熟一些，但那透过活泼的绿色表现出来的茁壮的生命力，是一样的。再加上叶面上的水珠儿滴溜溜滚着，简直好像满池荷叶都要裙袂飞扬，翩然起舞了。

从花港乘船而回，雨已停了。远山青中带紫，如同凝住了一段云霞。波平如镜，船儿在水面上滑行，只有桨声欸乃，愈增加了一湖幽静。一会儿摇船的姑娘歇了桨，喝了杯茶，靠在船舷，只见她向水中一摸，顺手便带上一条欢蹦乱跳的大鲤鱼。她自己只微笑着，一声不出，把鱼甩在船板上，同船的朋友看得入迷，连连说，这怎么可能？上岸时，又回头看那在浓重暮色中变得无边无际的白茫茫的湖水，惊叹道：“真是个神奇的湖！”

我们整个的国家，不是也可以说是神奇的么？我这次来领略到的另一个字，就是“变”。和全国任何地方一样，隔些时候去，总会看到变化，变得快，变得好，变得神奇。都锦生织锦厂在我印象中，是一个狭窄的旧式的厂子。这次去，走进一个花木葱茏的大院子，我还以为找错了地方。技术上，管理上的改进和发展，就不用说了。我看到织就的西湖风景，当然羡慕其织工精细，但却想，怎么可能把祖国的锦绣河山织出来呢？不可能的。因为河山在变，在飞跃！最初到花港时，印象中只是个小巧曲折的园子，四周是一片荒芜。这次却见变得开展了，加上好几处绿草坪，种了许多叫不上名字来的花和树，顿觉天地广阔了许多，丰富了许多。那在新鲜的活水中游来游去的金鱼们，一定会知道得更清楚吧。据说，这一处观赏地带原来只有三亩，现在已有二百一十亩。我和数字是没有缘分的，可是这次深深的记住了。这种修葺，是建设中极其次要的一部分，从它可以看出更多的东西……

更何况西湖连性情也变得活泼热闹了，星期天，游人泛舟湖上，真是满湖的笑，满湖的歌！西湖的度量，原也是容得了活泼热闹的。两三人寻幽访韵固然好，许多人畅谈畅游也极佳。见公共汽车往来运载游人，忽又想起东坡的一首江城子："老夫聊发少年狂，左牵黄，右擎苍，锦帽貂裘，千骑卷平冈。"形容他在密州出猎时的景象。想来他在杭州兴修水利，吟诗问禅之余，当有更盛的情景吧。那时是"倾城随太守"，这时是每个人在公余之暇，来休息身心，享山水之乐。这热闹，不更千百倍地有意思么？

希腊画家亚拍尔曾把自己的画放在街上，自己躲在画后，听取意见。有个鞋匠说人物的鞋子画得不对，他马上改了。这鞋匠又批评别的部分，他忍不住从画后跑出来说，你还是只谈鞋子好了。因为对西湖的印象究竟只是浮光掠影，这篇小文，很可能是鞋匠的议论，然而心到神知，想西湖不会怪唐突吧？

## 阅读鉴赏

《西湖漫笔》系当代作家宗璞写于 1961 年的名篇。古来写西湖的名家圣手何止千万，此文又有什么特点呢？细细读来，文章主要描述了两个字——"绿"和"变"。显然写"绿"是为了衬托写"变"，"变"才是文章要表达的中心；没有对"绿"的描写，"变"就成了空中楼阁，而没有"变"的点化，则"绿"也就成了过眼浮云。所以，如果说写"绿"是绘景的话，那写"变"才是所要表达的深意，作者高明就高明在对"绿"的描写不只是写它的色相，而是展现它的神韵，写出它是生命的颜色，是茁壮的生命力。

作者运用直接的写实手法，描绘了西湖丰富多姿的"绿"：道旁古树苍翠欲滴，飞来峰上绿树层叠，有的绿得发黑，有的绿得发蓝；蜿蜒的小径布满青苔，绿色直渗透到石头缝里；黄龙洞绿得幽幽，屏风山绿得苍苍，九曲十八涧绿得闲云野鹤……将人们带进一个铺天盖地的绿色世界中。无疑，所述都是写景，但不论是详写还是略写，文章都表现出把深意寓于胜景之中的特点，前者只是着意描写了这几处的树、苔、荷叶，后者也仅仅是简略地从自己的感受上写了所见绿意的不同，而这一切又都是为了最终推出对变得快，变得好，变得神奇的赞叹！

清人王夫之说："烟云泉石，花鸟苔林，金铺锦帐，寓意则灵。"今以《西湖漫笔》观之，确实如此。文章层次丰富，描摹真切，文字极为简约，却传神尽意，而且富于韵律感，展现了作者非凡的才气和细致入微的观察力。

## 诵读指导

诵读这篇散文作品要将描写的自然山水清晰、响亮、富有感情地读出来，变无声文字这个视觉形象为灵动自然的听觉形象；要创造性地还原语气，模拟状态，释放情感，使平面的文字画面变成如在眼前的真实山水景观。如果说写自然山水类散文是一段美好的回忆，那么诵读自然山水类散文就是一段奇妙的游历。诵读时，同学们要把握文中美的景象、体会文中美的情感，从而增强阅读审美体验，深化对主旨的理解与把握。

**（指导教师　张泽平）**

# 泥　泞

迟子建

北方的初春是肮脏的，这肮脏当然缘自于我们曾经热烈赞美过的纯洁无瑕的雪。在北方漫长的冬季里，寒冷催生了一场又一场的雪，它们自天庭伸开美丽的触角，纤柔地飘落到大地上，使整个北方沉沦于一个冰清玉洁的世界中。如果你在飞雪中行进在街头，看着枝条濡着雪绒的树，看着教堂屋顶的白雪，看着银色的无限延伸着的道路，你的内心便会洋溢着一股激情：为着那无与伦比的壮丽或者是苍凉。

然而春风来了。春风使积雪融化，它们在消融的过程中容颜苍老、憔悴，仿佛一个即将撒手人寰的老妇人。雪在这时候将它的两重性毫无保留地暴露出来：它的美丽依附于寒冷，因而它是一种静止的美、脆弱的美；当寒冷已经成为西天的落霞，和风丽日映照它们时，它的丑陋才无奈地呈现。

纯美之极的事物是没有的，因而我还是热爱雪。爱它的美丽、单纯，也爱它的脆弱和被迫的消失。当然，更热爱它们消融时给这大地制造的空前的泥泞。小巷里泥水遍布；排水沟因为融雪后污水的加入而增大流量，哗哗地响；燕子在潮湿的空气里衔着湿泥在檐下筑巢；鸡、鸭、鹅、狗将它们游荡小巷的爪印带回主人家的小院，使院子里印满无数爪形的泥印章，宛如月下松树庞大的投影；老人在走路时不小心失了手杖，那手杖被拾起时就成了泥手杖；孩子在小巷奔跑嬉闹时不慎将嘴里含着的糖掉到泥水中了，他便失神地望着那泥水呜呜地哭，而窥视到这一幕的孩子的母亲却快意地笑起来……

这是我童年时常常经历的情景，它的背景是北方的一个小山村，时间当然是泥泞不堪的早春时光了。

我热爱这种浑然天成的泥泞。

泥泞常常使我联想到俄罗斯这个伟大的民族，罗蒙诺索夫、柴可夫斯基、陀思妥耶夫斯基、托尔斯泰、蒲宁、普希金就是踏着泥泞一步步朝我们走来的。俄罗斯的艺术洋溢着一股高贵、博大、阴郁、不屈不挠的精神气息，不能不说与这种春日的泥泞有关。泥泞诞生了跋涉者，它给忍辱负重者以光明和力量，给苦难者以和平和勇气？一个伟大的民族需要泥泞的磨砺和锻炼，它会使人的脊梁永远不弯，使人在艰难的跋涉中懂得土地的可爱、博大和不可丧失，懂得祖国之于人的真正含义：当我们爱脚下的泥泞时，说明我们已经拥抱了一种精神。

如今在北方的城市所感受到的泥泞已经不像童年时那么深重了：但是在融雪的时节，我走在农贸市场的土路上，仍然能遭遇那种久违的泥泞。泥泞中的废纸、草屑、烂菜叶、鱼的内脏等等杂物若隐若现着，一股腐烂的气味扑入鼻息。这感觉当然比不得在永远有绿地环绕的西子湖畔撑一把伞在烟雨淳淳中耽于幻想来得惬意，但它仍然能使我陷入另一种怀想，想起木轮车沉重地辗过它时所溅起的泥珠，想起北方的人民跋涉其中的艰难的背影，想起我们曾有过的苦难和屈辱，我为双脚仍然能触摸到它而感到欣慰。

我们不会永远回头重温历史，我们也不会刻意制造一种泥泞让它出现在未来的道路上，但是，当我们在被细雨洗刷过的青石板路上走倦了，当我们面对着无边的落叶茫然不知所措时，当我们的笔面对白纸不再有激情而苍白无力时，我们是否渴望着在泥泞中跋涉一回呢？为此，我们真应该感谢雪，它诞生了寂静、单纯、一览无余的美，也诞生了肮脏、使人警醒给人力量的泥泞。因此它是举世无双的。

## 阅读鉴赏

《泥泞》是当代著名女作家迟子建的经典作品，她以质朴而真实的文字，通过对“泥泞”由浅入深的描写和议论，揭示了“泥泞”所蕴含的艰苦创业、不懈拼搏的精神，阐释了它与个人、与历史、与国家的联系。文章语言生动，既富有生活气息，又饱含哲理，让人对过去进行思索，对未来进行展望。

文章开头用不少笔墨描写雪，突出了雪的美丽与丑陋的双重性，从而为下文写泥泞作铺垫，衬托泥泞的普通、纯美。作者通过直抒胸臆：“我热爱这种浑然天成的泥泞”，从泥泞带来的乡村质朴自然的生活气息，过渡到下文“泥泞”与“跋涉者”，“泥泞”与民族艰辛的历史，“泥泞”与土地、与祖国的议论。结尾作者既说“我们也不会刻意制造一种泥泞让它出现在未来的道路上”，又提出“我们是否渴望着在泥泞中跋涉一回呢”，卒章显志。泥泞可以使人警醒，给人力量，可以促使人们重温历史，从顺境的茫然和麻木中振作起来，这体现了作者对国家民族的热爱和牵挂。

文章的一大特点是作者对日常生活真实而又细腻的描摹。比如在冰雪初融时，排水渠“哗哗地响”，燕子“衔着湿泥在檐下筑巢”，鸡、鸭、鹅、狗闲逛“使院子里印满无数爪形的泥印章”；再比如老人的手杖掉进泥里“成了泥手杖”，孩子的糖掉进泥水里时，“窥视到这一幕的孩子的母亲却快意地笑起来”，无不彰显了作者对生活的细致的观察和深挚的热爱。文章的另一特点是作者那流露于文章各处的对国家民族的沉思，对历史的回忆，她以一种温柔的笔调坚定地激励读者牢记历史、不懈拼搏。

## 诵读指导

迟子建的文字质朴而真实。读她的文字，会让你觉得不是在读文，而是在与她攀谈。她的文字总是执着于故乡的一片热土，她的眼睛也总是深情地注视着故乡最底层的普通民众。因此，我们应以一种温柔、略带喜悦的语调来诵读北国的风土人情，诵读“泥泞”在普通民众日常生活中的表现。在对“雪”的双重性描写中，我们既应该饱含热情地歌颂它的美丽，又应该略带遗憾地诵读它融化后的肮脏。同时，在理解全文对于“生于忧患，死于安乐”的警示精神的议论的基础上，当面对作者对于历史民族的思索，对于国家遭受困难而抒发的慨叹时，我们应饱含深情地、略带凝重地叙述，语速减慢；当面对作者对人民的艰苦奋斗而赞美时，我们应该语调激昂，情绪高涨。

**（指导教师　贾春旭）**

# 南方的水

张　炜

浅而细、悠而长的南方之水，流动着，蜿蜒而去。它像少女黑亮的长发，温柔的目光，洁白的面容：又像她暖融融的微笑，清澈的眸子，含蓄而委婉的问候。

南方的水，涓涓细流，滑润之水，滋养生命的水.始终如一的水，永不疲倦的水。南方的水，汇拢了万千小溪，渐成一条宽阔的大江，负载舟舸，运送木排，携走沙石，塑造陆地。南方江河由柔韧之水综合而成。它们决定了这水的性质、历史、来路，也造就了它的终点。

这儿尽是温暖的季节，蓬勃的绿色。南方挽留了旅人。他走进南方的怀抱，让水流抚过身躯。一片温暖使人难以回报，他甚至不敢在此久留。他知道很远的路程在等待。你洗去他浑身的泥垢，脱落一路风尘。他转身注视南方，不知该向你倾诉什么，只默默掩住了感激和惊叹。

他不得不惊叹这美好的造就、神奇的时光、不可多得的怜惜。你把怜惜交给了旅人，交给了一场无边的磨损。这磨损也将使你变得苍老，变得浑浊。陪伴旅人的，是你哭泣般的流动。

你的哭泣之声让人想起很多往事。

悠长陈旧的往昔，贯穿了所有故事。明天仍将如此继续。离开了你的洗礼，心中泛起阵阵思念。这思念不可阻止，难以中断。当他回到出生地——那个寒冷刚烈的北方时，思念就愈加浓烈。北方的河流是季节河，汛期滔滔不休，冲刷石块，挟向大海。可是枯水季节只剩一线细流，甚至终将干涸，只裸露出焦干的河床。它把从西部山地挟来的卵石生生抛在半路。此地离大海甚远，可是这些卵石就这样被抛置，迎送烈日寒风。

北方的海闪着墨绿的颜色，像生铁和钢。它充满了硬度：撞在岩石上，岩石开裂，或留下创痕。它把整道岩壁给劈下一半：它有时像火药一样轰击半座山峰。它把航船打碎，把陆地吞没：在一个疯狂的夜晚，它毁掉了整个港湾。只在风平浪静的某个下午，它才温柔起来，变成绸缎般的柔软细腻。美极了，开阔极了，令人神往。

可是你不敢想象它暴烈的、咆哮的时刻。

南方和北方，命运之中两片不同的陆地.他在心中将其悄悄缝合，感觉统一和连接的博大。对土地和江河的塑造同样需要南方和北方之水，需要它们的滋润和负载、它们滔滔不止的涤荡与洗刷之力。离开北方的时候他含着屈辱和思念，抹去男儿的泪水。离开南方的时候他挂带着更大的思念，把一片伤感甩到身后，埋入土中。

在北方的寒夜里，他有时听到的不是滔滔大海的轰鸣，而是南方涓涓的细流。

你不倦地流。在这午夜，你仍然在流，目光催动旅人的步伐。伸手即可触摸你柔发一样的长流，也记住你那潺潺的声音。就是这不倦的流动，让人想到了一个风风火火的身影。这是一种追赶。

在童年，他感到最为迷惑和惊讶的一个图景，就是蓝天上那排成“一”字和“人”字的大雁。它们无一例外地从北方飞向南方。北方不远就是一片大海，它们是从海的那一边飞来。多么了不起的神奇生命！它们整齐划一，歌唱着，不可思议地、勇敢地飞越了大海，飞向自己的梦想之地——南方。

他多想随它们一起去寻找那片温暖，那片躲避寒冷的热土。那时他尚不知自己的将来，但那歌唱前行的雁群却是最好的指引。它们飞去之地当是他的向往之地——那里到底有什么？那里将使大雁获得什么？是什么使其如此着迷、执拗和不倦？旅人今天明白了，原来是你在这里流动。在这片土地上，你经过的是这样一片林木山脉……

今天他终要离去。不能在此驻足，也是他的悲哀。你流动吧，不要发出哭泣般的声音。你看，午夜的月光下，你闪动着多么明亮的眸子。你应该欢笑，可是却发出了呜咽。这个世界上的悲伤已经太多了……

他伴随你往前，你也送他一程。

南方的水，执拗而长久的水，你的品质与性格将永远使旅人着迷。

你注入了旅人的心中。

（有删改）

## 阅读鉴赏

《南方的水》是作家张炜的作品，文章运用多种描写方法，以独特的视角描绘了温柔细腻、美丽多情、慈爱坚韧的南方的水。

文章前半部分开门见山，未经过多铺陈，以极美的语言向我们展示了南方的水。“浅而细、悠而长的南方之水，流动着，蜿蜒而去。”作者以极富画面感的语言简单明了地描绘出了水的特点。“它像少女黑亮的长发，温柔的目光，洁白的面容：又像她暖融融的微笑，清澈的眸子，含蓄而委婉的问候。”运用比喻的修辞手法，用灵动而俏皮的语言勾勒出南方的水的美好形态，让我们忍不住继续探寻，南方的水究竟是什么样子的呢？作者在下文给出了答案。它是“滑润之水，滋养生命的水，始终如一的水，永不疲倦的水”，是细腻润泽、和缓柔韧的南方之水；也是“把怜惜交给了旅人，交给了一场无边的磨损”，是温柔多情、慈爱温婉的南方之水。作者通过对南方的水的描写，生动展示了南方的水的美好姿态，表达了对南方的水由衷的喜爱和赞美。

文章后半部分运用对比手法，又运用联想手法，在与北方的水的对比中、在对南方的水的流向和与雁群的联系中，更加深刻地表现了南方的水的突出特点。作者描绘“北方的河流……可是枯水季节只剩一线细流，甚至终将干涸，只裸露出焦干的河床。它把从西部山地挟来的卵石生生抛在半路。此地离大海甚远，可是这些卵石就这样被抛置，迎送烈日寒风。”又如此评价“像生铁和钢。它充满了硬度：撞在岩石上，岩石开裂，或留下创痕。它把整道岩壁给劈下一半：它有时像火药一样轰击半座山峰。它把航船打碎，把陆地吞没：在一个疯狂的夜晚，它毁掉了整个港湾。只在风平浪静的某个下午，它才温柔起来，变成绸缎般的柔软细腻。”突出了北方河的短促、强悍、粗犷，北方海的生硬、暴烈、咆哮，就更显得南方的水绵长细腻，温柔多情，也为后文作者表达对南方的水的眷恋与不舍做铺垫，让读者在阅读中自然而然地生出对南方的水的亲近与爱恋。

本文在叙述过程中不用第一人称代词“我”，而以“他”“旅人”的身份融入其中，从旁观者的视角，更为清醒、理智地审视与思索，表达了作者对“南方的水”的赞美、感激、眷恋和思念之情。

## 诵读指导

诵读文学作品首先要理解作品的思想内涵，这首诗是作者描写南方的水的一篇散文，文章充满了生机与活力，表达了对南方的水的赞美、感激、眷恋和思念之情，因此在诵读时要柔和，轻缓，语调稍微上扬，整体呈现出安静、美好的氛围。需要注意的是在诵读对北方的水的描写一段时，要注意突出对比感，将语言特点和文章情感融为一体。如：“浅而细、悠而长的南方之水，流动着，蜿蜒而去。它像少女黑亮的长发，温柔的目光，洁白的面容：又像她暖融融的微笑，清澈的眸子，含蓄而委婉的问候。”诵读时要面带微笑，声音要表现出南方的水少女的特点，可以适当灵动俏皮些，以突出文章内涵。

（指导教师　贾春旭）

# 乡　愁

余光中

小时候，
乡愁是一枚小小的邮票，
我在这头，母亲在那头。

长大后，
乡愁是一张窄窄的船票，
我在这头，新娘在那头。

后来啊，
乡愁是一方矮矮的坟墓，
我在外头，母亲在里头。

而现在，
乡愁是一湾浅浅的海峡，
我在这头，大陆在那头。

## 阅读鉴赏

余光中祖籍福建，是一位深受中国传统文化影响，具有浓厚民族情结的文人学者，由于历史原因迁居台湾，写过很多乡愁题材的诗，被称为“乡愁诗人”。

《乡愁》是余光中于20世纪70年代在台北写的，后来被海外游子不断传唱，成为流传最广、最为动人的一首乡愁诗。

《乡愁》对一个抽象的、很难作出描绘却被大量描绘所覆盖的主题作出了新的诠释，在意象上，选用了“邮票”“船票”“坟墓”“海峡”四个生活中常见的物象，赋予其丰富的内涵，使原本不相干的四个物象，在乡愁这一特定情感的串联之下形成有机统一。余光中本人曾说，这首诗是“蛮写实的”，小时候上寄宿学校，要与妈妈通信；婚后赴美读书，坐轮船返台；后来母亲去世，永失母爱。诗的前三句思念的都是女性，到最后一句想到祖国大陆这个“大母亲”，于是意境和思路便豁然开朗，就有了“乡愁是一湾浅浅的海峡”。

内容上，按时间顺序，从“幼子念母”到“青年相思”，到中年后的“生死之隔”，再到老年时对祖国大陆的思念，不断发展的情感，逐渐上升，凝聚了诗人自幼及老的整个人生历程中的沧桑体验。不同阶段的乡愁，凝聚两端的分别是：我——母亲；我——新娘；我（生）——母亲（死）；我（游子）——大陆（祖国）。乡愁的对象，由具体的“乡”，到抽象的民族的“乡”，从地域之乡，到历史之乡和文化之乡，层层递进，使“乡愁”逐渐沉淀出丰富的内涵和表现力。

诗形上，四段文字在字数、句式上基本一致：“……（时间状语），乡愁是……（作为意象的具象化的‘乡愁’的载体），我在这头，……（具体的‘乡愁’的对象）在那头”。一气呵成，回环往复，似乎是情感的一唱三叹，余音绕梁，历久弥新。

诗歌在语言上纯净、清淡，浅白真率而又意味隽永。“小小”“窄窄”“矮矮”“浅浅”等叠音词用来修饰中心意象，增强了语言的生动性。

艺术风格上，本诗一反诗人早年“现代时期”那种刻意锤字炼句、苦心经营意象和矛盾语法、追求陌生化效果以作惊人之语，在晦涩中求深奥的特点，转而追求恬淡、圆融的美学风格。以简代繁，以淡取胜，也算是绚烂至极，归于平淡。

## 诵读指导

《乡愁》一诗，总共四节，诗人按照时间顺序将抽象的“乡愁”依次比喻为具体的邮票、船票、坟墓和海峡，表达了少年、青年、中年、老年四个阶段不同时期的浓浓乡愁。全诗句式整齐，每一节都由结构相似的四句组成，首句“起”，次句“承”，三句“转”，尾句“合”，构成“起承转合”的模式。这种字词均衡、分行分节、句式相似的行文方式给诵读带来了很大的难度，稍有不慎就容易给人以单调、死板的感觉，听着没意思，还不如自己来阅读。

这里要注意的是，诗歌前两节跟后两节表达的感情的轻重是不同的。因此，《乡愁》一诗的诵读，必须打破字词、句式的约束，注意语势、节奏、停顿、快慢、重音等。当然，不能不管诗歌的各种规律，随意表达，拉腔拖调，有音无义，忽长忽短，忽高忽低，没有一点束缚。

从声音升降平曲、高低起伏的变化形式来讲，全诗语调变化起伏不大，平缓舒展，以“平”为主；从声音抑扬顿挫、轻重缓急来说，语速较缓，抑多扬少，重多轻少，音强而着力，以“愁”为主调。读的时候，应该是十分平稳的，不撞不冲。语速不能太快，不能扬多抑少，不能声轻不着力，更不能有跳跃感，显露欢乐、轻快的气氛。但是，如果整首诗都这样读，顺势而下，平铺直叙，一字一句，同一高度，同一长度，没有轻重缓急之分，难免又觉得慢条斯理，毫无生气。所以要在平稳中找到跌宕，在规整中找到参差，在重音中读出差别。或转或顿，或扬或抑，要读出变化、读出感情、读出个性。

（指导教师　孙秀萍）

# 泥　土

鲁　藜

老是把自己当作珍珠
就时时有被埋没的痛苦

把自己当作泥土吧
让众人把你踩成一条道路

**阅读鉴赏**

人生是本厚重的大书，怎样才能让自己的人生厚重而又名留后世呢？诗人鲁藜以他平实、朴直的语言吟唱出《泥土》这首小诗，给我们很多启迪。在这物欲横流、瞬息万变的社会中，这首诗犹如清醒剂，让我们直面自己的人生。

这是一首短小精悍的格言式抒情短诗，也是鲁藜的代表作之一。全诗四句分为两节，第一节是对人生状态的真实描摹。“珍珠”因为光泽诱人，价格昂贵，所以就有时时怕被埋没的痛苦。作者将其用来比喻那些固守已有的成绩、追求名声，不肯做实际艰苦工作的人。多少年来总有一些人，刚有一点本事，就觉得自己了不起，就孤芳自赏、自视特殊了。然而，现实生活并不欢迎这样的人，他们的人生印痕也不过是几句怀才不遇的感叹而已。古代报国无门的人“怀抱利器”、踽踽独行于朝廷之外，空怀才学而遗憾终老。然而，现代社会“天高任鸟飞，海阔凭鱼跃”，已为身怀才学者开辟了用武之地，施展才能正当时。谁若依然把自己当作“珍珠”来欣赏，谁就会走入人生的误区，也便必然会产生“被埋没的痛苦”。

那么究竟怎样活着才能避免“被埋没的痛苦”，活出人生的真我色彩呢？诗歌的第二节告诉了我们答案：“把自己当作泥土吧/让众人把你踩成一条道路。”“泥土”淳厚无私、平凡普通，就像那些脚踏实地、兢兢业业、乐于奉献、鞠躬尽瘁、死而后已的人。多少年来，很多有志者默守自己平凡的岗位，献出芬芳的青春而为他人铺就平坦的大道。他们坚信自己无论才智高低、本事大小，都是现代社会建设的一分子；他们坚信献出自己一份力量，生活就会多一份美好，因而甘于平凡、甘于牺牲、甘于奉献，活出了亮丽而厚重的人生，也构筑了多彩的世界。虽然他们无意于立世扬名，但名字却以千钧的力量记载在老百姓的心里，这才是活着的最好写照。

鲁藜不愧为智慧的诗人，真切地道出了千万年来困惑人们心智的重大命题，也无愧于“经漫长岁月冶炼，你属纯金”的赞誉（艾青语）。在抗日战争时期，作者投身到火热的现实斗争中去，甘作“泥土”，让众人“踩成一条道路”，这样富有社会责任感的人生态度影响了一代又一代人。

## 诵读指导

这首诗短小精悍，只有短短的四句。在诵读之前，要充分理解诗中传达的思想和情感，把握诗歌的感情基调。诗中表达了不做“珍珠”而做“泥土”的人生观念。作者否定自视高贵的“珍珠”而自比卑微奉献的“泥土”，是为了从“时时有被埋没的痛苦”中解脱。一二句体现了作者对“老是把自己当作珍珠”的一类人的不满、遗憾、愤慨，甚至还有同情的意味。在诵读时要细细品味其中的感情，读出自己的感受和理解。重读“老是”“珍珠”“痛苦”，“痛苦”慢读，中间有停顿。三四句，“泥土”平凡普通、淳厚无私、乐于奉献，在奉献自己、方便他人的同时也成就了自己的人生价值——成了路。作者对其是肯定和赞扬的，诵读时要读出甘于平凡、甘于牺牲、甘于奉献的坚定，也要读出活出自己亮丽而厚重人生的满足和快乐感。

（指导教师　陈春霞）

# 山高路远

汪国真

呼喊是爆发的沉默
沉默是无声的召唤
不论激越
还是宁静
我祈求
只要不是平淡

如果远方呼喊我
我就走向远方
如果大山召唤我
我就走向大山
双脚磨破
干脆再让夕阳涂抹小路
双手划烂
索性就让荆棘变成杜鹃

没有比脚更长的路
没有比人更高的山

**阅读鉴赏**

诗的第一节以貌似矛盾实则颇具哲理的诗句开篇:“呼喊是爆发的沉默/沉默是无声的召唤”。这两句十分深刻地揭示出了“呼喊”与“沉默”之间对立统一的关系:它们只是表现形式不同而实质却是统一的——“只要不是平淡”。在宁静中蓄积,在呼喊中爆发,是如此完美地结合在一起。起笔引起读者的深思,为这一节做了不平凡的铺垫,接下来诗人以自白的形式写道:“不论激越/还是宁静/我祈求/只要不是平淡”。在诗人看来,可怕的不是生活中的大风大浪,不是人生中的崎岖坎坷,而是平淡无奇、单调乏味的生活。

诗的第二节用假设句式写道:“如果远方呼喊我/我就走向远方/如果大山召唤我/我就走向大山”。可见,人生的风景不在平静的港湾,不在风平浪静的浅滩,因为这里练就不了精悍的水手。面对竞争,面对困难和挫折,面对挑战和机遇,勇敢者应“走向远方”“走向大山”,而不是自怨自艾、悲观丧气与裹足不前。纵使“山高路远”,纵使曲折坎坷与风雨交加,强者的人生态度也应该是风雨兼程,勇往直前。

于是,“我”的心再不能平静,“我”喜欢一种积极进取的生活,“我”喜欢在追求中创造自己的人生;于是,“我”不会在乎前路的坎坷、山的陡峭、荆棘密布,“我”听从大山的召唤,即使“双脚磨破”“双手划烂”,也在所不惜。于是,那险峻陡峭的山路,就变成了“夕阳涂抹”的“小路”;那荆棘密布的灌木丛,也就成了美丽的杜鹃。

作者将抽象的思考化作新颖而美好的形象,在形象的议论中暗示情感。“双脚磨破/干脆再让夕阳涂抹小路/双手划烂/索性就让荆棘变成杜鹃”,这是写奋斗过程中遇到的磨难和曲折。双脚磨破,血洒小路;双手划烂,血染荆棘,这是奋斗者的写照。但作者将痛苦甚至苦难化作美好的形象:灿烂的夕阳和美丽的杜鹃,如此表达出蔑视苦难、以乐观战胜苦难的态度。

这是真正的青春追求,这是真正的人生追求,作者告诉我们,真正的生活在这个世界上,要用自己的心血去体验一切;这是强者的人生宣言:走向远方,走向大山,让自己奋斗的鲜血涂抹人生之路。这是勇敢者的时代强音:走向远方,走向大山,让自己追求的脚步踏平人生的崎岖。

诗的第三节即结尾是画龙点睛之笔:人生之路再长,追求者的脚步都能将它丈量；困难之山再高，奋进者的双脚都能将它攀登。这是何等豪迈的宣言，这是何等昂扬的斗志，人生，只要有执着的追求，还有什么不能克服的呢？

这是一首寓意深刻、哲理深透的诗歌，给我们的启迪是深远的。它激励着人们奋发有为，不甘于平庸，不甘于沉寂，人生就应该这样去追求。只有主动追求灿烂的人生，才能拥有人生的丰富多彩！

## 诵读指导

读汪国真的《山高路远》总有这样的激越情怀在心中震荡，呵，青春，就应该在这样的追求中闪光。所以在诵读时，要读出积极、进取、坚定、不惧艰险的情感。

开篇的“呼喊”与“沉默”对立统一。它们只是表现形式不同而实质却是统一的——“只要不是平淡”。诵读时重读“呼喊”与“沉默”。诵读“呼喊”时声音要缓慢坚定，读出力度；“沉默”要读得舒缓，读出颤音，读出宁静中的蓄积。重读“激越”并读出高亢、喜悦，“宁静”轻读、慢读，读出宁静的状态，并给人以想象。“我祈求”中的“我”重读、拖音，或者将“祈求”重读，充满了向往与期待。

面对竞争，面对困难和挫折，面对挑战和机遇，勇敢者的人生应是“走向远方”“走向大山”，所以“走向远方”“走向大山”要读出风雨兼程、勇往直前的笃定感。“呼喊”“召唤”重读，“远方”读出辽远、绵长之感，“大山”重读。“双脚磨破”“双手划烂”读出对困难的蔑视。“干脆再让夕阳涂抹小路”“索性就让荆棘变成杜鹃”语速加快，语调上扬，读出奋斗者的豪迈。

最后两句“没有比脚更长的路／没有比人更高的山”是具有鼓舞性的经典语句。我们应当像冒险者一样，用自己的双手双脚去攀登高峰，踏平崎岖坎坷。用“万水千山只等闲”的坚强意志去战胜困难，超越自我。纵使前进的道路坎坷曲折且风雨交加，我们的人生态度也应该是风雨兼程，勇往直前。人生之路再长，追求者的脚步都能将它丈量；困难之山再高，奋进者的双脚都能将它攀登。所以，人生只要有执着的追求，还有什么不能克服的呢？诵读时充分感受诗句传递的坚定、执着的信念，以及勇敢者无所畏惧的气概。

**（指导教师　陈春霞）**

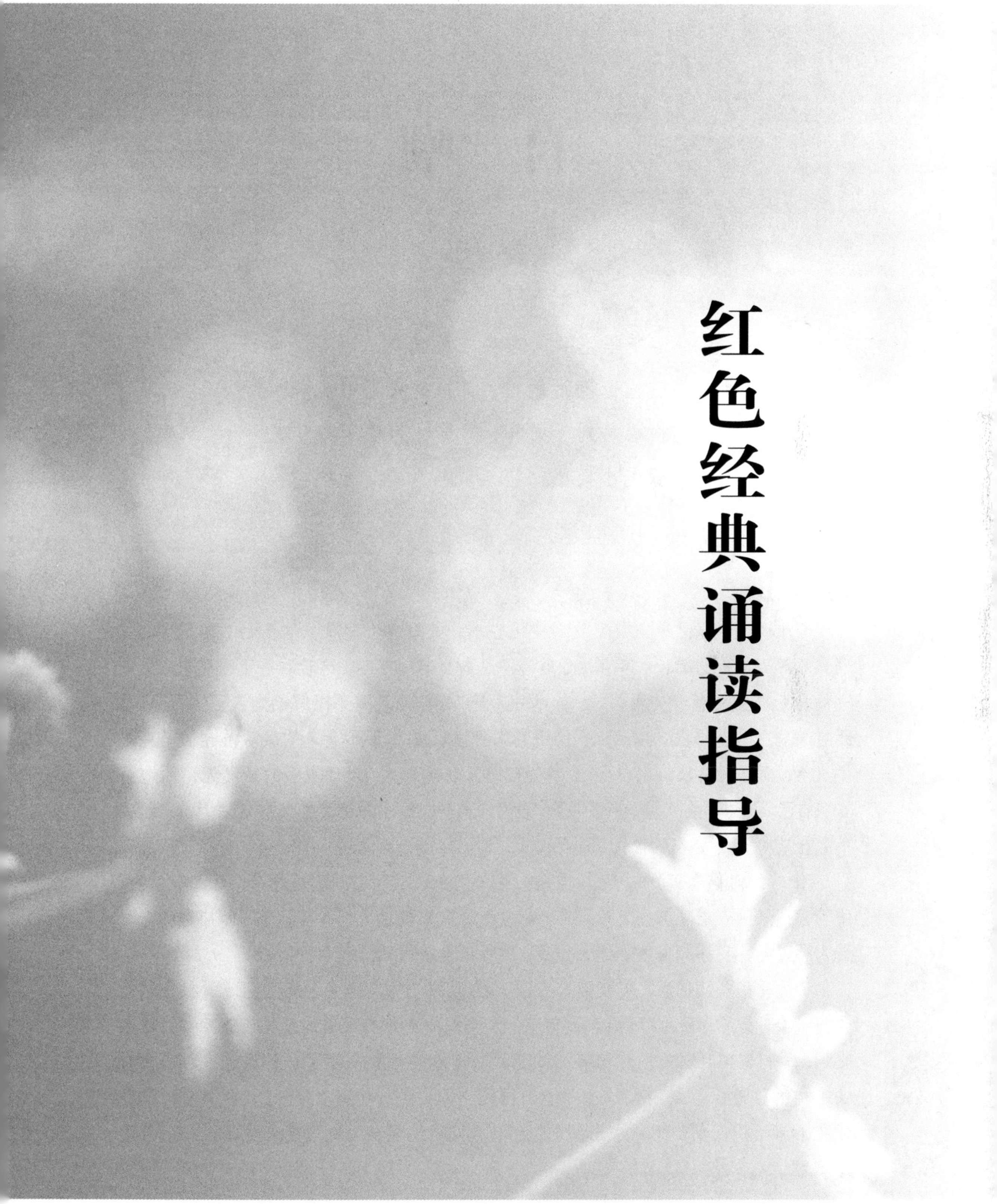

# 红色经典诵读指导

# 自　嘲

**鲁　迅**

运交华盖欲何求？未敢翻身已碰头。
破帽遮颜过闹市，漏船载酒泛中流。
横眉冷对千夫指，俯首甘为孺子牛。
躲进小楼成一统，管他冬夏与春秋。

**阅读鉴赏**

此诗作于1932年10月，这时中国左翼作家联盟（简称左联）已成立两年，左联柔石等五烈士已牺牲一年多，而距离鲁迅逝世只有四年，这时的鲁迅已成为一名成熟的马克思主义者。众所周知，鲁迅一直是“解剖自己并不比解剖别人留情面”，鲁迅在掌握了马克思主义以后，不仅用它来抨击、揭露形形色色的反动派和假马克思主义者，而且用它来解剖自己。“我的确时时解剖别人，然而更多的是更无情面地解剖我自己。”（《写在〈坟〉后面》）《自嘲》正是一篇用马克思主义辩证法对自己过去的人生观、战斗姿态的自我解剖的作品。

作诗的时候鲁迅的处境怎样呢？他说：“上海曾大热，近已稍凉，而文禁如毛，缇骑遍地，则今昔不异，久而见惯，故旅舍或人家被捕去一少年，已不如捕去一鸡之耸人耳目矣。我亦颇麻木，绝无作品，真所谓食菽而已。”（《致台静农》）

“运交华盖欲何求？未敢翻身已碰头。”其中“运交华盖”是说生逢豺狼当道的黑暗社会，交了倒霉的坏运。“欲何求”“未敢”都带有反语的意味，是极大的愤激之词，反衬出当时国民党统治者的残暴，形象地描画和揭示了一个禁锢得像密封罐头一样的黑暗社会，概括了作者同当时国民党的尖锐的矛盾冲突，表明他对当时国民党统治者不抱任何幻想，对当时的政治环境极端蔑视和无比憎恨。由此衬托无产阶级战士不畏强暴、碰壁不回的革命精神。

“破帽遮颜过闹市，漏船载酒泛中流。”其中“闹市”喻指敌人猖獗跋扈、横行霸道的地方。“中流”指水深急处。这联用象征的手法，讲形势非常险恶。作者在“破帽"与“闹市”，“漏船”与“中流”这两不相应且对立的事物中，巧妙地运用了一个“过”和一个“泛”，再一次形象地表现出作者临危不惧、激流勇进的战斗精神，衬托出革命战士在险恶环境中是何等的英勇顽强、机智灵活。这两句诗流露出诙谐、乐观的情趣，表现出寓庄于谐的特色。

“横眉冷对千夫指，俯首甘为孺子牛。”是全诗的核心和精髓，集中地体现出作者无产阶级世界观。前四句叙述处境和战斗行动，这两句揭示内心深处的感情，把全诗的思想境界推到了高峰。这两句诗，表达作者对人民的强烈的爱和对敌人的强烈的憎，表现了作者在敌人面前毫不妥协，为人民大众鞠躬尽瘁的崇高品德。这两句是全诗主题的集中体现，也是作者感情表达的最高潮。

“躲进小楼成一统，管他冬夏与春秋。”其中“小楼”是作者居住的地方。“躲进”有暂时隐蔽下来的意思。“躲”字，融合着巧与敢的双重意味。前一句十分风趣地道出了作者当时战斗环境的特点和善于斗争的艺术，反映出作者自信、乐观的心境和神情；后一句写无所畏惧、韧战到底的决心。这就把前一句的战斗内容揭示得更加鲜明，使寓庄于谐的特色表现得更加突出，既表明作者不管形势怎样变幻，前途如何艰险，为革命坚持不懈斗争的决心，又是对当时国民党统治者出卖民族利益的罪行的辛辣讽刺。这一语双关的结尾，增强了本诗的主题。

这首诗是一首抒情诗，抒发了鲁迅从自己深受迫害、四处碰壁中迸发出的愤懑之情，有力地揭露和抨击了当时国民党的血腥统治，形象地展现了作者的硬骨头性格和勇敢坚毅的战斗精神。



## 诵读指导

这首诗是七言律诗。首联“起”，宜平，情感内敛；颔联“承”，要读出揶揄、冷讽之感；颈联“转”，转抒慷慨、豪迈之情；尾联“合”，寓庄于谐，抒发对统治者的辛辣讽刺与坚韧不屈斗争下去的决心。

**（指导教师　温莹莹）**

# 三十五岁生日寄怀

陈　毅

一九三六年，余游击于赣南五岭山脉一带，往来作战，备极艰苦。八月值余三十五岁生辰，赋此寄怀。

大军西去气如虹，一局南天战又重。
半壁河山沉血海，几多知友化沙虫。
日搜夜剿人犹在，万死千伤鬼亦雄。
物到极时终必变，天翻地覆五洲红。

**阅读鉴赏**

陈毅（1901—1972），无产阶级革命家、政治家、军事家、外交家、诗人，中国人民解放军的创建人和领导人之一。在赣南三年游击战争期间，陈毅不但紧握枪杆杀敌，而且拿起笔杆战斗。陈毅记录赣南游击战况的军旅诗词，饱含赤诚质朴的真情，表达了对革命事业忠贞不渝的坚定立场，抒发了革命乐观主义的豪情，重现了赣南游击战争的历史画卷。

本诗充满了革命乐观主义精神，首联写红军长征，开始了艰苦卓绝的战略大转移；自己则率领几千红军将士继续留在南方，坚持进行游击战。颔联写中国大半领土陷入战火，优秀的中华儿女献出生命。颈联写敌人反革命的嚣张气焰，妄图赶尽杀绝，扑灭革命的一切火种和力量，但我们前仆后继，即使战死也无所畏惧。尾联写作者坚信前途是光明的，最后的胜利一定是属于我们的，表达了革命必胜的信念。

## 诵读指导

诵读这首诗时，要考虑律诗的节奏。在情感把握上，前三联表现赣南战争形势严峻，敌人气焰嚣张，诵读时语气要缓慢沉重，最后一联表现革命必胜的信念，语气要激昂豪迈，语速可以适当加快。

大军 / 西去 / 气如虹，一局 / 南天 / 战又重。
半壁 / 河山 / 沉血海，几多 / 知友 / 化沙虫。
日搜 / 夜剿 / 人犹在，万死 / 千伤 / 鬼亦雄。
物到 / 极时 / 终必变，天翻 / 地覆 / 五洲红。

（指导教师　叶冬波）

# 可爱的中国（节选）

方志敏

不错，目前的中国，固然是江山破碎，国弊民穷，但谁能断言，中国没有一个光明的前途呢？不，决不会的，我们相信，中国一定有个可赞美的光明前途。中国民族在很早以前，就造起了一座万里长城和开凿了几千里的运河，这就证明中国民族伟大无比的创造力！中国在战斗之中一旦斩去了帝国主义的锁链，肃清自己阵线内的汉奸卖国贼，得到了自由与解放，这种创造力，将会无限的发挥出来。到那时，中国的面貌将会被我们改造一新。所有贫穷和灾荒，混乱和仇杀，饥饿和寒冷，疾病和瘟疫，迷信和愚昧，以及那慢性的杀灭中国民族的鸦片毒物，这些等等都是帝国主义带给我们可憎的赠品，将来也要随着帝国主义的赶走而离去中国了。朋友，我相信，到那时，到处都是活跃跃的创造，到处都是日新月异的进步，欢歌将代替了悲叹，笑脸将代替了哭脸，富裕将代替了贫穷，康健将代替了疾苦，智慧将代替了愚昧，友爱将代替了仇杀，生之快乐将代替了死之悲哀，明媚的花园将代替了凄凉的荒地！这时，我们民族就可以无愧色的立在人类的面前，而生育我们的母亲，也会最美丽地装饰起来，与世界上各位母亲平等的携手了。

这么光荣的一天，决不在辽远的将来，而在很近的将来，我们可以这样相信的，朋友！

朋友，我的话说得太噜苏厌听了吧！好，我只说下面几句了。我老实的告诉你们，我爱护中国之热诚，还是如小学生时代一样的真诚无伪；我要打倒帝国主义为中国民族解放之心还是火一般的炽烈。不过，现在我是一个待决之囚呀！我没有机会为中国民族尽力了，我今日写这封信，是我为民族热情所感，用文字来作一次为垂危的中国的呼喊，虽然我的呼喊，声音十分微弱，有如一只将死之鸟的哀鸣。

啊！我虽然不能实际的为中国奋斗，为中国民族奋斗，但我的心总是日夜祷祝着中国民族在帝国主义羁绊之下解放出来之早日成功！假如我还能生存，那我生存一天就要为中国呼喊一天；假如我不能生存——死了，我流血的地方，或者我瘗骨的地方，或许会长出一朵可爱的花来，这朵花你们就看作是我的精诚的寄托吧！在微风的吹拂中，如果那朵花是上下点头，那就可视为我对于为中国民族解放奋斗的爱国志士们在致以热诚的敬礼；如果那朵花是左右摇摆，那就可视为我在提劲儿唱着革命之歌，鼓励战士们前进啦！

亲爱的朋友们，不要悲观，不要畏馁，要奋斗！要持久的艰苦的奋斗！把各人所有的智慧才能，都提供于民族的拯救吧！无论如何，我们决不能让伟大的可爱的中国，灭亡于帝国主义的肮脏的手里！



## 阅读鉴赏

方志敏(1899—1935)，伟大的无产阶级革命家、军事家、杰出的农民运动领袖，中国共产党早期领导人之一，土地革命战争时期赣东北和闽浙赣革命根据地的创建人。

《可爱的中国》写于1935年狱中，是方志敏的著名散文，也是他的遗作。作者以亲身经历概括了中国从五四运动到第二次国内革命战争以来的历史，愤怒地控诉了帝国主义肆意欺侮中国人民的种种罪行。他满怀爱国主义激情，象征性地把祖国比喻为“生育我们的母亲”，汉奸军阀帮助恶魔杀害自己的母亲。作者高声疾呼，“母亲快要死去了”“救救母亲呀”！他指出挽救祖国的“唯一出路”就是进行武装斗争，论证“中国是有自救的力量的”，坚信中华民族必能从战斗中获救，并在篇末展示了中国革命的光明前景，描绘出经历革命后的祖国美好、幸福的景象，表现出强烈的民族自信心和鲜明的爱国主义精神。

今天，我们可以告慰在人民解放战争和人民革命中牺牲的英烈：革命先辈希冀的美好的中国梦，经过一代代仁人志士不懈的艰苦卓绝的奋斗都已实现。

## 诵读指导

总体诵读基调满含深情，时而愤怒控诉，时而慷慨激昂。

“不，决不会的，我们相信，中国一定有个可赞美的光明前途”，要强有力地读出中国自信。

“所有贫穷和灾荒，混乱和仇杀，饥饿和寒冷，疾病和瘟疫，迷信和愚昧，以及那慢性的杀灭中国民族的鸦片毒物”，倾诉了对帝国主义带给中华民族深重灾难的憎恨，诵读时要饱含悲愤。

“到那时，到处都是活跃跃的创造，到处都是日新月异的进步”，展望新中国，诵读时要充满希望。

“这么光荣的一天，决不在辽远的将来，而在很近的将来，我们可以这样相信的”，以无可辩驳的坚定语气，强调中国梦一定会实现，一气呵成，酣畅淋漓。

“我爱护中国之热诚”“为中国民族解放之心还是火一般的炽烈”“为垂危的中国的呼喊”，是作者泣血的声声呐喊，语调渐次高扬。

“为中国民族奋斗”，殷殷嘱托唤醒民众，昭示革命自有后来人。

“祷祝着中国民族在帝国主义羁绊之下解放出来之早日成功”，是热血男儿对祖国母亲的深情呼唤，打倒帝国主义，拯救母亲于水火之中，热切期盼祖国独立自主，充满对光明美好新中国的热切期盼，昂扬向上。

“为中国民族解放奋斗的爱国志士们在致以热诚的敬礼”“鼓励战士们前进”，作者激情澎湃，鼓舞革命者前仆后继，勇往直前，激昂向上。

注意体会其中情感，准确表情达意。

**（指导教师　尹建佳）**

# 长征组歌·过雪山草地

萧　华

雪皑皑，野茫茫，
高原寒，炊断粮。
红军都是钢铁汉，
千锤百炼不怕难。
雪山低头迎远客，
草毯泥毡扎营盘。
风雨侵衣骨更硬，
野菜充饥志越坚。
官兵一致同甘苦，
革命理想高于天。

**阅读鉴赏**

萧华(1916—1985)，中国人民解放军上将，杰出的共产主义战士，久经考验的无产阶级革命家，我军卓越的政治工作者之一。

《长征组歌》是为纪念中国工农红军长征胜利30周年而创作的大型声乐套曲。萧华作词，晨耕、生茂、唐诃、遇秋作曲。《过雪山草地》节选其中一部分。

《长征组歌》以深刻凝炼的语言、清新动人的优美曲调、浓郁的民族风格和为群众喜闻乐见的表演艺术形式，讴歌了中国工农红军历尽艰险、不屈不挠、英勇作战、无私无畏的革命精神。整个作品气势磅礴，感人肺腑。

周恩来总理生前对《长征组歌》的排练十分关心，临终前还念念不忘那句“官兵一致同甘苦，革命理想高于天”的歌词。

红军二万五千里长征历尽千难万险。为实现迅速北上与红四方面军会合这一战略任务，红军翻越了多座位于川西的高海拔大雪山，创造了世界军事史上的奇迹。红军通过的草地，绵延数百公里，到处是死水潭，很多地方水深过膝，有些地方人陷不见头，马陷不见颌，不少红军战士陷入死水潭而牺牲。其间，由于粮食不足，红军只得挖野菜充饥。后续部队连野菜也找不到，只得把牛皮带、破牛皮鞋用水煮着吃。红军冲出敌人的封锁线，以巨大的精神力量战胜了自然界的困难，保留下中国革命的星星火种。因此说“长征是宣言书，长征是宣传队，长征是播种机”。

如果说长征是一部恢宏史诗，过雪山草地就是胜利前最英勇悲壮的一幕，是惊天地、泣鬼神的绝唱。

《过雪山草地》的内容可以分为两部分：第一部分描写红军过雪山草地时遇到的极大困难；第二部分描写红军战天斗地、以野菜充饥的顽强斗志，揭示了红军战士力量的源泉所在。

“红军都是钢铁汉，千锤百炼不怕难”突出了红军敢于战胜一切困难的英雄气概。

“雪山低头迎远客”中“低头”“迎”把雪山拟人化，写出红军不畏艰难、豪迈乐观的气概和征服雪山的喜悦之情；“草毯泥毡扎营盘”中“毯”“毡”展现了过草地时艰难困苦的情景，突出了红军在恶劣环境中的革命乐观主义精神和“不怕困难”的钢铁意志。

“风雨侵衣骨更硬，野菜充饥志越坚”表现红军饥寒交迫的处境，一个“更”字，一个“越”字，再次彰显红军“不怕困难”的精神。被风雨淋湿的衣服下骨头会变得更加坚硬；用野菜充饥，人的意志会变得越来越坚强。这一句展现了红军在极端恶劣的环境下坚持革命信仰、战胜一切艰难险阻的崇高境界。

**诵读指导**

整首歌词的基调为先深沉悲壮，后激昂向上。若配上乐曲，更能让人产生身临其境之感。

“雪皑皑，野茫茫，高原寒，炊断粮”以低沉而舒缓的语气读出环境恶劣、困难重重、泰山压顶、挑战极限的意味。

“红军都是钢铁汉，千锤百炼不怕难”语调逐渐上扬，表达出战胜困难的勇气和信念，在“红军”二字上加重语气，重敲“钢铁汉”。

“雪山低头迎远客，草毯泥毡扎营盘。风雨侵衣骨更硬，野菜充饥志越坚。”逐渐激昂起来，以此凸显战胜困难的乐观精神。

“官兵一致同甘苦，革命理想高于天”达到高潮，以饱满的感情读出磅礴气势，引起“革命理想就是强大的精神力量”之共鸣，上扬“高于天”。

反复吟诵，体会情感。

（指导教师　尹建佳）

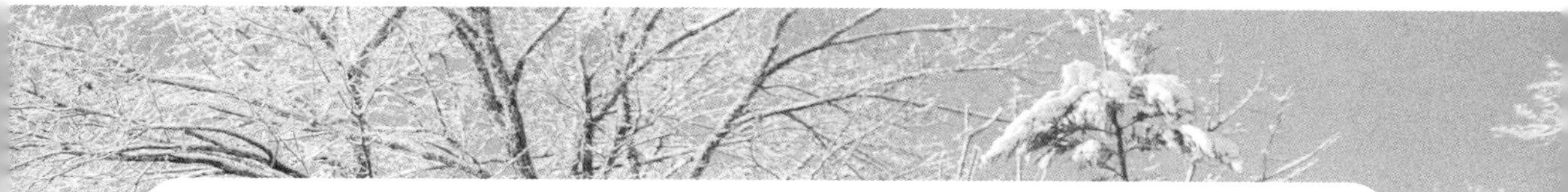

# 《红岩》（节选）

罗广斌　杨益言

不断传来的拷打和惨叫，使人们在深夜里无法闭上眼睛。成岗和刘思扬忍受着内心的痛苦，从敌人的号叫声中，知道了事件的真相。那张纸条，正是他们从黄以声送来的报纸上抄下来的。虽然每天用过的报纸都秘密送还了黄以声，但是这张传到楼下的纸条，却在极度近视的胡浩手上，被敌人发现了。他们紧握着拳头，乌紫的指甲深深地掐进了手心。一想到那正在灌进胡浩肺里的辣椒汁，就感到一阵难忍的窒息，那种带血的火烧一样的呛咳，可以叫人几分钟内就停止呼吸。

“胡浩是无辜的。”刘思扬痛苦地走近成岗：“我去承认，说是我带进来的。”

“你来的时候，公报尚未发表！”

窗外不断传来令人心悸的叫喊，烙铁烙在肉体上，像烙在每个人心上。

“你听，还在折磨胡浩！”刘思扬忍不住心中的难过，怒火喷射着：“我去承认，叫敌人枪毙我！”

“如果需要，该我去。”成岗拖着铁镣，在黑暗的牢房里蹒跚着。他不怕出面告诉敌人说：那张传单是自己写的。但是，这张《挺进报》是怎样传下楼的呢？坚持到底绝对不说！这，他做得到。但是这有多大用处？敌人不仅会用鞭子，他们也会用脑子。只要发现了真正的线索，通向楼下的秘密路线，楼下的同志，还有黄将军，都会一下子牵连进去。

这是小事吗？整个集体的全部暴露。

“你们怎么不睡觉？”一个特务突然走到窗前，大声问。

“你们把人吵醒了！”

听着窗外的叫喊，看着黄昏光线下刘思扬痛苦的眼睛，成岗的思潮也像海浪般起伏不定，是的，他们会把胡浩摧残死的。怎么办呢？

“没有楼下的意见，我们绝不能单独行动！”

“你说什么？”刘思扬一惊，突然冷静下来。

“我们没有个人行动的权利。”

“个人行动？”刘思扬猛然坐直身子，大睁着眼睛。这句有力的话，启示了他。他脸色急剧地变化着，冲动的感情迅速平静下来。心里开始冷静地考虑，意志和忍耐渐渐回到他的身上。

沉默了一阵，刘思扬在黑暗中紧紧抓住成岗的手，声音完全冷静下来。

“成岗，你说得对。我们不能出面。”

“我觉得，敌人的目的，不仅是要找到写纸条的人……”成岗侧耳听了听不断传来的叫声，又回到墙角坐下。“这一次，和对付你和我一样，一定是敌人早已安排好的计划的一部分，妄想从这里打开缺口，找寻我们党的组织。”

“但是，必须有人出面应对敌人，才能救出胡浩呀！”

……声音不断传来。敌人虽然从顽强的胡浩身上，榨不出任何有用的东西，可是还在吆喝，声音放得更大，催促着搬来更多的刑具。特务故意让声浪传进每个人的耳膜。同时，又派出了那些狡猾而阴险的眼睛，跟在杨进兴身后，去搜索每一个受不住内心痛苦的折磨，或者气愤得失常的人。

敌人决心继续挑衅——或者把胡浩摧残到死，或者是出现他们希望中的事情：共产党员不会让群众无辜地牺牲，他们会自己挺身出来承认这一切。是的，共产党员不会让群众无辜地牺牲，他们会挺身而出，只要需要，就会有敢于自我牺牲保全组织的人挺身而出。

和成岗、刘思扬的痛苦一样，全监狱除了老疯子毫无反应而外，所有的人都沉浸在深沉的悲痛之中。原来把文件交给胡浩的楼下那个同志，不能眼看着胡浩受苦，他认为应该牺牲自己。可是，一直沉默着的，和他同室的齐晓轩忽然拉住了他，用平静的声音，轻轻地在他耳边说道：

“你没有必要，让我去。”

齐晓轩的声音里，有着冷静的判断和自信，显示出他早已经过周密的考虑，胸有成竹。他懂得，过早地出面，不但不能减轻胡浩的痛苦，反而会引起敌人的怀疑。但是现在，已经到了该出面的时候，从不断传来的疯狂的号叫声中，可以听出敌人的焦躁不安了。他用眼睛阻止着激动的战友，慢慢站立起来，走到窗前，叫着特务：

“我找所长。”

他的声音那么平静，仿佛在他说这句话以前，没有经过考虑，也不知道等待着他的这个太阳刚刚升起的早晨，会带给他什么样的危险。

“那张纸条是我传给胡浩的。”

杨进兴大睁着一对豺狼的眼睛，站在齐晓轩的面前，打量着突然出现的对手。

“走吧。”齐晓轩说着，伸手去推牢门。

“慢点，你等一等！”杨进兴有点不放心，最好先和所长研究一下。他知道，这一次，刑具不会有丝毫用处，对手，是个最难对付的人。

“所长，大鱼出来了！”杨进兴冲进所长办公室，兴冲冲地喊道：“齐晓轩站出来了！”他完全忘记了办公室里躺着昏迷了的胡浩。

陆清一时没有回答，却本能地一挥手，命令先把胡浩拖出去。

“齐晓轩？”陆清这才把烟头一丢，“不会是他！”

陆清不很相信杨进兴的话。因为齐晓轩是他们早已知道的对手。虽然他是个危险分子，但是长期监视中，从未发现他有任何可疑行动。他是故意站出来的。他的出面不过是为了掩盖他人的活动，有意把事件引向一个错误的结论。

“也可能是他。”杨进兴总觉得泄露杨虎城的消息的事，应该和这张传单联系起来。他始终怀疑在刘思扬来以前，白公馆的政治犯就和地下党有着经常而且密切的联系。

“齐晓轩算条大鱼？”陆清笑了笑，“既然自动跳出来，这就证明我们这一网下准了，已经围住了鱼群。赶快收网，可以捕到最大最多的鱼！”

陆清觉得这一次定能得手。狱中党组织、地下党组织，很快就要落在他手上。现在他需要立刻证实齐晓轩的假冒，然后更陷对方于极端被动。凿穿齐晓轩的漏洞，才有可能叫他从实招来，才能打开缺口，以迅雷不及掩耳的办法出奇制胜。

齐晓轩来到所长办公室。

“你要老老实实说。”陆清端坐在沙发上，用烟头指了指地板上的血迹，“看见了吧？”

齐晓轩微微一笑，从容地说道：

“是我写的。”

“那么，你写几个字来看看。”陆清也微笑着，慢慢说。特务拿来了纸、铅笔，放在办公桌上。

在刚才过去的这一个钟头里，陆清和杨进兴已经想出了一套巧妙的办法。看共产党员用什么花样来和他们斗法！他们先要确定文字上的字是不是他的笔记。

齐晓轩看了陆清一眼，走到桌边拿起了铅笔，坐下来，摊开白纸，但他又停下笔，要来了刀子，从容地把笔芯削得又尖又细，然后，在白纸上沉着地写起来。

杨进兴站在齐晓轩背后，尖锐的眼光，注视着他每个细小的动作……齐晓轩移动铅笔，流利地写出了几行仿宋字。

“够了。”陆清说着，把齐晓轩刚写的纸抓到眼前，仔细看了半晌，然后把它和原来的那张破皱的纸条，一齐装进公文袋，交给旁边的一个特务：“马上送技术检验室研究。”

技术检验室是中美合作所的一个特殊机构。美国特务在这儿指导大批的特务技术人员，专门分析指纹、血迹、笔迹特征……齐晓轩的字迹将和成岗的字迹一道受到专门的检验。

……几个钟头以后，陆清收到了技术检验室送来的公文，拆开一看，是一张鉴定结论：

“字迹相同……”

技术检验室得出这样的结论，一点儿也不奇怪，因为齐晓轩和几个最亲密的战友，关在相邻的牢房里，他们之间有着别人不知道的经常的联系。当成岗刚来的时候，就是他们通知楼上的成岗，使用那条早就存在的秘密通道，直到大搜查来临之前，才把通向楼上的路线暂时割断，以免敌人察觉出来，使《挺进报》的事牵连到楼上。过去，每一次《挺进报》传下楼来，他们看了之后，就马上把它毁掉，只用口头传达，一个告诉一个；只有那些重要文件，像二中全会文件、渡江命令……没有人愿意毁掉这些珍贵的党的文件，才秘密保存下来。但是他们还不放心，老早就叫成岗坚持用仿宋字体，而且去掉《挺进报》的刊头。还在《挺进报》刚刚发行的时候，齐晓轩和他的战友就研究过成岗写字的特征，一直学着他的字迹。多年的监狱生活，教会了他们预先防备一切可能发生的意外。这一次，事情正发生在齐晓轩的牢房里，按照事前的约定，到了不可避免的时候，齐晓轩就挺身站了出来，保卫组织，保卫自己的同志。

特务对照了字迹，还有些半信半疑，再一次到牢房里来，仔细搜查了齐晓轩所有的东西，果然在他的枕头里面，搜出一截变色铅笔和几张破纸。

陆清冷笑着，掩盖不住胜利渐渐到手的骄傲：

“说说看，这个东西是怎样送进来的？”

“外边的地下分子给你送进来的！”杨进兴狠狠地加上一句，“杨虎城的消息，就是你们透出去的！”

陆清一边问着，一边拿起那张可怕的文件，送到齐晓轩眼前。陆清早已知道，即使是多年前的地委书记，齐晓轩本人仍然写不出这种内容的传单。

“说说看，地下党怎么和你们联系？”

此刻的陆清，注意力自然集中到齐晓轩身上。既然是他写的字迹，那就是说，文件是地下党送给他的，杨虎城的消息也是他走漏的。

齐晓轩轻轻地摇了摇头，说出了一个特务完全没有想到的简单情节。他讲的是出乎敌人意料的事情。他说，不久以前，正是敌人忙着烧毁文件的那天，看守员都上楼搬档案去了，楼下只有一两个特务留下来巡逻，他在放风的时候，走到院坝里散步，偶然发现了管理室的门没有上锁，里面又没有人，于是，就走了进去，随意翻阅着报纸，为的是想看一看有没有释放政治犯的消息，不料在报纸上，发现了公开刊登的召开七届二中全会的消息……

“哼，你说得好流利！”陆清又一次冷笑。

“怎么？你敢随便进我的管理室？”杨进兴大叫一声。脸色突然变得灰白，他发觉自己被牵连进去了，并且有重大的责任。

“没有锁门，当然可以进去。”齐晓轩坦然地回答了杨进兴。

忘记锁门的疏忽，在杨进兴确实是常有的事。杨进兴忍不住声音发抖地狂吼起来：

“决不可能！我们的报纸，会登你们共产党的消息？”

“你们把报纸拿来翻翻看。”齐晓轩并没有流露出丝毫异样的神情，他很清楚，成岗的消息，肯定是从黄以声的报纸上抄下来的。

敌人再一次冷笑，下命令搬来了一些报纸。

齐晓轩慢慢地翻阅着。前些时候，在“和谈”期间，国民党不能不装出一点“民主”的幌子，新闻检查偶尔放宽了一些，在一些民办的报纸上，也就时而出现几段“新华社”的消息。这些消息，常常被《挺进报》白宫版愉快地记录下来。齐晓轩耐心地读着报上那些大标题，它需要趁机记住更多的消息。

“还没有找到吗？根本没有登！”杨进兴得意地说。

“让他翻吧。”陆清嘴里咬着烟斗，冷冷地嘲讽。

“你们看看这里。”齐晓轩最后才指了指一张报纸。报纸上的标题，清楚地印着：

中共中央召开七届二中全会

两个特务都吃了一惊。他们久久地望着报纸，完全没有想到齐晓轩竟这样简单地解决了他们的疑难。这些特务，平时是不大认真看报的，现在只好哑口无言。

齐晓轩从容地抬起眼睛，微微带笑地瞧着面前两张尴尬的脸。

“这是什么地方？你懂不懂所归？懂不懂进行‘奸匪煽动’的处置条例？”陆清威胁的声音里，带着空虚。

“完全知道。”没有丝毫的犹豫或恐惧，仍旧是齐晓轩惯用的平静而自然的声音，“这里是白公馆集中营。”

到这时候，齐晓轩更是无所畏惧，除了他个人的偶然活动而外，敌人不仅找不到党的活动，更无法追究是谁把杨虎城的消息送出去的事。敌人永远不会知道党的秘密。

齐晓轩慢慢抬起头来，望着旁边的窗口。窗外一片蓝天，几朵白云轻轻地浮在空中，缓缓飘动。随眼望着远处油绿的青山，齐晓轩的嘴唇动了一下：

“告诉你们，我永远是共产党员。”

## 阅读鉴赏

《红岩》作者罗广斌、杨益言都是重庆中美合作所集中营的幸存者，他们亲身经历了黎明前血与火的考验，目睹了许多革命烈士为革命牺牲的壮烈场面。根据这些亲身经历，他们于 1957 年写出了革命回忆录《烈火中永生》，随后在这个基础上创作了长篇小说《红岩》。

这部作品以惊心动魄的斗争画面和崇高的革命精神震撼了广大读者的心，获得了广泛的好评，被称为具有共产主义精神和革命气节的教科书。

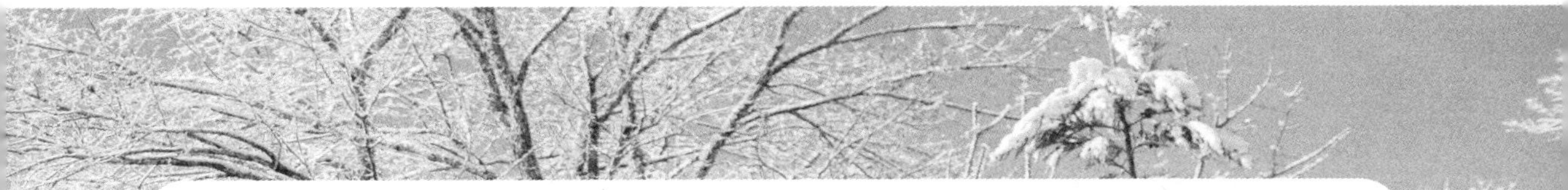

《红岩》描写了重庆解放前夕残酷的地下斗争，特别是狱中斗争。它以渣滓洞和白公馆内的敌我斗争为中心情节，交错地展开了中共地下党领导的城市地下斗争、学生运动、工人运动、狱中斗争以及华蓥山区的武装斗争，集中描写了革命者为迎接解放、挫败敌人的垂死挣扎而进行的最后决战，以一首可歌可泣、荡气回肠的英雄赞歌，歌颂了革命者在酷刑考验下坚贞不屈，塑造了许云峰、江姐、成岗、刘思扬、齐晓轩等众多视死如归、令人难忘的革命英雄形象，所昭示的红岩精神和闪耀的思想光辉成为中华民族的精神瑰宝。

本选段摘自《红岩》第二十二章。党组织在白公馆秘密活动，狱中共产党员冒着生命危险秘密创办了《挺进报》。《挺进报》是狱中共产党员不可或缺的精神食粮，将外面的胜利消息写成纸条在战友间传递。一次疏忽，《挺进报》落入敌人手中，狱中共产党员立即与敌人展开了周旋。

与敌人的周旋分为三个回合：第一回合，敌人残害同志，司马昭之心；第二回合，寻找营救同志的最佳时机；第三回合，齐晓轩只身斗敌。

在党组织面临重大危险的关口，以齐晓轩为代表的共产党人勇敢担当，挺身而出，机智地击败了敌人，保护了同志，保护了党组织。生死考验面前，共产党人大无畏的牺牲精神、坚如磐石的理想信念和惊天地泣鬼神的英雄气概令人动容。

## 诵读指导

朗诵本文，要从总体上读出敌我双方智斗时通过神态、动作呈现的心理活动，即齐晓轩的神情自若、大义凛然，特务的凶残狡诈、威逼胁迫。

“拷打”“惨叫”“难忍的窒息”“痛苦”“烙铁烙在肉体上，像烙在每个人心上”，既突出敌人的凶残，又对同志遭受敌人酷刑深感痛心，所以必须把握好意会的情感。

“我去承认，叫敌人枪毙我”“如果需要，该我去”“让我去”，表现出生死一刻勇于献身、视死如归的共产党员本色，读出果敢与决绝，方显英雄豪气。

读到敌我针锋相对博弈中的“笑”时，要边揣测敌人狡诈、色厉内荏的心理，边沉浸于情景中去朗读，如临其境。“齐晓轩微微一笑”和“陆清也微笑着”，两人表面莫名在笑，实则暗流涌动，是正义与邪恶的较量，一较高低。尤其陆清“冷笑”“又一次冷笑”“再一次冷笑”，以失败告终，这“三笑”要读到位。

面对敌人的怀疑，齐晓轩“指了指”，体现出他从容不迫，对敌人不屑一顾。“报纸上的标题，清楚地印着：中共中央召开七届二中全会”中“中共中央召开七届二中全会”，要读得字正腔圆，重点强调这次会议是我党的重要会议，大快人心，对敌人来说，无异于垂死挣扎中的噩耗。“两个特务都吃了一惊。他们久久地望着报纸，完全没有想到齐晓轩竟这样简单地解决了他们的疑难”，看似简单，实则凭着共产党人的智慧化险为夷。“尴尬”一词表现出特务的无可奈何，此处以恐吓的口吻，要读出特务不甘心、威胁的语气。“仍旧是齐晓轩惯用的平静而自然的声音，‘这里是白公馆集中营’”沉着应对中透露出对敌人的蔑视和讽刺。“敌人永远不会知道党的秘密”展现共产党人的忠贞和对信仰的执着。“告诉你们，我永远是共产党员”，彰显正义，以排山倒海、气贯长虹之誓言传达出共产党人坚定的革命理想和信念高于一切。

齐晓轩挺身而出，大智大勇与敌人周旋，牵着敌人的鼻子走，惊心动魄之下，稳如泰山地化解危机，顺手打乱了敌人获取地下党组织情况的计划，迫使狡猾的敌人无计可施。敌退我进，反客为主，最后出奇制胜。朗读时要沉稳而自信，给人以“于无声处听惊雷”之感。

**（指导教师　尹建佳）**

# 雷锋之歌（节选）

贺敬之

雷锋，
你出发了……
——在黎明前的
一阵黑暗中……
你带着
满身
燃烧的血泪，
好像在梦中一样，
扑向
党呵——
温暖的
温暖的
母亲怀中……
……就是这样，
雷锋，
就是这样，
雷锋，
你站起来！
接受

"共产主义新战士"
——党给你的
命名。
……

呵，雷锋！
你第一次学会的
这三个字，
你一生中
永远念着的
这个姓名——
呵，亲爱的
再生雷锋的
母亲——
我们的
党呵，
我们的领袖
毛泽东！
母亲懂得你
懂得你呵
——雷锋，
你也懂得他
懂得他呵
——伟大的

毛泽东！
你青春的生命
在毛泽东思想的
冲天红光中，
升华……
升华……
你前进的脚步
在《毛泽东选集》的
光辉篇章——
那真理的
阶梯上，
攀登……
攀登……

雷锋，
我看见
在你的驾驶室里，
那一尘不染的
车镜……
我看见
在你车窗前
那直上云天的
高峰……
呵，你阶级战士的

姿态，
是何等的
勇敢，坚定！
你共产党员的
红心呵，
是何等的
纯净、透明！……
雷锋，
你是多么欢乐呵！
在我们灿烂的阳光里，
怎么能不
到处飞起
你朗朗的笑声？
你稚气的脸上，
哪能找到
一星半点
忧愁的阴影？……
但是，雷锋，
在心灵的深处，
你有多么强烈的
爱呵，
又有多么深刻的
憎！
爱和恨，

不可分割，
象阴电、阳电一样
相反相成——
在你生命的线路上，
闪出
永不熄灭的火花，
发出
亿万千卡热能！……
……

呵，雷锋！
你白天的
每一个思念，
你夜晚的
每一个梦境，
都是：
人民……
人民……
人民……
你的每一声脚步，
你的每一次呼吸，
都是：
革命……
革命……

革命……
雷锋，你是
真正的
真正的
幸福呵！
你是何等的
何等的
聪明！
你用我们旗帜一样
鲜红的颜色，
写下了
你短暂的
却是不朽的
历史，
你在阶级的伟大事业里，
在为人民服务的无限之中，
找到了呵——
最壮丽的
人生！
你的生命
是多么
富有呵！
在我们党的怀抱中，
你已成长得

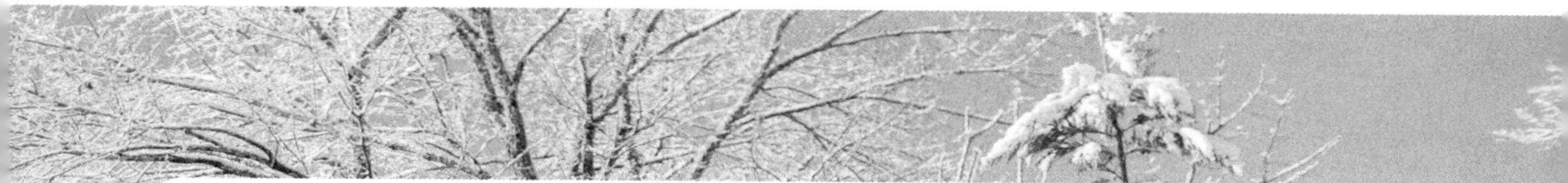

力大无穷！
……可老战友们
总还习惯叫你
“小雷”呵——
你只有
一百五十四厘米
身高，
二十二岁的
年龄……
但是，在你军衣的
五个纽扣后面
却有：
七大洲的风雨
亿万人的斗争
——在胸中包容！……
你全身的血液，
你每一根神经，
都沸腾着
对祖国的热爱，
而你同时
在每一天，
每一分钟，
念念不忘：
世界上还有

千千万万
受难的弟兄！……
“上刀山！
下火海！……”
——雷锋呵，
在准备着！
风吹来！
雨打来！
——雷锋呵，
道路分明！……

呵！这就是
这就是
一个叫做
“雷锋”的
中国革命战士的
英雄姿态！
这就是
我们的大地
我们的母亲
以雷锋的名义
给历史的
回应——
人呵，

应该

这样生！

路呵，

应该

这样行！……

## 阅读鉴赏

《雷锋之歌》是由贺敬之创作的诗歌，于 1963 年 4 月 11 日被刊登在《中国青年报》上。正当广大青年渴望读到歌颂雷锋的好诗的时候，诗人贺敬之同志深受雷锋英雄事迹的感动，写出了《雷锋之歌》。作品歌颂雷锋短暂而又伟大的一生，并把雷锋置于广阔的历史背景和现实生活之中，揭示出学习雷锋的重大意义。诗作气势磅礴，熔议论与抒情于一炉，具有强烈的艺术感染力。

诗歌以形象说话，意象营造独特化便是典型的以形象说话，更是构成佳作乃至经典之作的要素之一。此诗是诗人政治抒情诗的代表作之一，却不流于标语口号，而是借助于营造独特化的意象，让诗情与意象有机结合，具有诗意，也升华了主题，增强了诗的艺术感染力。使此诗成为经典之作。

## 诵读指导

这首抒情长诗，以不可遏止的革命激情和鲜明生动的艺术形象，歌颂了我们伟大的时代。整首诗激情澎湃，朗诵语调应高亢、激昂，以“人民……人民……人民……你的每一声脚步，你的每一次呼吸，都是：革命……革命……革命……雷锋，你是 / 真正的 / 真正的 / 幸福呵！你是何等的 / 何等的 / 聪明！”为例，重章叠唱，朗读时情感把握应一句比一句强烈高亢，雷锋的形象会愈加清晰！

**（指导教师　武冬玲）**

# 炉中煤

**郭沫若**

一

啊，我年青的女郎！
我不辜负你的殷勤，
你也不要辜负了我的思量。
我为我心爱的人儿
燃到了这般模样！

二

啊，我年青的女郎！
你该知道了我的前身？
你该不嫌我黑奴卤莽？
要我这黑奴的胸中，
才有火一样的心肠。

三

啊，我年青的女郎！
我想我的前身
原本是有用的栋梁，
我活埋在地底多年，
到今朝才得重见天光。

四

啊，我年青的女郎！
我自从重见天光，
我常常思念我的故乡，
我为我心爱的人儿
燃到了这般模样！

## 阅读鉴赏

《炉中煤》是一首饱含眷念祖国情绪的抒情诗。用诗人自己的话说：“五四以后的中国，在我的心目中就像一位聪俊的有进取心的姑娘，她简直就和我的爱人一样。”这首诗就采取拟人的手法，用“炉中煤”的口吻向“心爱的人儿”祖国倾诉衷肠，抒发了对祖国的强烈热爱之情，表达了甘愿为祖国献身的愿望。

诗人的形象跃然纸上，“我”正向亲爱的祖国诉说着那颗燃烧的赤子之心，即使化为灰烬，也绝不后悔遗憾。第二节“我”向祖国表白自己的心迹，虽然外表有些“卤莽“，但胸中却有“火一样的心肠”，希望不要被祖国嫌弃。接着，写“我”的重生：本来也是栋梁之材，但被旧制度埋藏不能发挥，心中有委屈、苦闷、彷徨，不过也正是“活埋”的痛苦使我变成发热发光的煤，所以仅有思念是不够的，还应该有真诚的奉献和牺牲，效力之机已来，“我”愿为祖国献出一切。结尾与开头形成复唱，是诗人爱国主义感情的凝聚点。

这首诗构思自然新颖，诗人运用浪漫主义的独特想象，以煤自况，寄寓着诗人以身许国、积极进取的爱国情怀，表现了当时知识分子的自我觉醒，也体现了诗人个人理想与时代精神的统一。

本诗把祖国比作“女郎”是吸取了我国传统诗歌的精华作为养分，继承和发扬了屈原“美人香草”之喻，使意境甘美浓郁，便于表达深深的眷念之情。

**诵读指导**

本诗每节以“啊，我年青的女郎”领起，从不同侧面倾诉，这种复唱手法，有一唱三叹之妙。“啊，我年青的 / 女郎！”“啊”是一种感叹，是对心爱的人儿，也就是祖国的感叹，诵读时音调不可过高，音要饱含深情地拖长。

全诗四节，每行三顿，一韵到底，在形式上统一、完整、和谐。以第一节为例：“啊，我年青的 / 女郎！我 / 不辜负 / 你的殷勤，你 / 也不要辜负了 / 我的思量。我 / 为我心爱的人儿 / 燃到了这般模样！”

第一节诗，是在诉衷肠，语调应舒缓而深情。第二节“我”向祖国表白自己的心迹，希望不要被祖国嫌弃，所以语调要有些急切。第三节写“我”的重生，语调较前一节应略高亢。第四节写“我”愿为祖国献出一切，与开头形成复唱，是诗人爱国主义感情的凝聚点，读时语调较第一节高亢。

（指导教师　武冬玲）

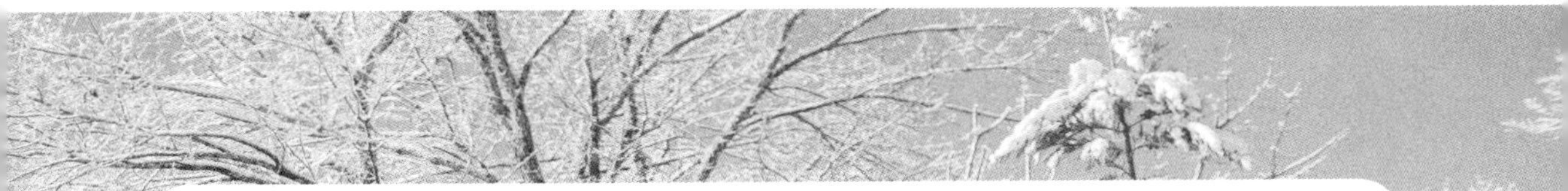

# 有的人

——纪念鲁迅有感

**臧克家**

有的人活着，
他已经死了；
有的人死了，
他还活着。

有的人
骑在人民头上:“啊，我多伟大！”
有的人
俯下身子给人民当牛马。

有的人
把名字刻入石头，想“不朽”；
有的人
情愿作野草，等着地下的火烧。

有的人
他活着别人就不能活；
有的人

他活着为了多数人更好地活。

骑在人民头上的
人民把他摔垮；
给人民作牛马的
人民永远记住他！

把名字刻入石头的，
名字比尸首烂得更早；
只要春风吹到的地方
到处是青青的野草。

他活着别人就不能活的人，
他的下场可以看到；
他活着为了多数人更好地活的人，
群众把他抬举得很高，很高。

**阅读鉴赏**

诗歌的构思和表达有其独特性，看似平常，其实是诗人有感而作，什么是真善美，什么是假恶丑，诗人并不贴标签，也不喊口号，只从对人世间两种深刻的感受出发，运用对比和反复的手法，用通俗、亲切、生动的语言，写出自己真实的感受。

诗歌为纪念鲁迅先生而作，却不以《鲁迅赞》或《纪念鲁迅》为题，而是以《有的人》为题，进行反复咏叹。诗人不是为了歌颂而歌颂，而是在歌颂鲁迅的同时，也歌颂与鲁迅拥有相同品质的人，同时谴责那些自吹自擂比人民群众“伟大”、要为自己树碑立传、不让别人活下去的人。这样的对照，比单纯赞扬鲁迅更加显示出诗的广度与深度。这首诗的前四节一连用了八个“有的人”，我们把“有的人”替换为某一种人或某一类人。例如：

被人民憎恶的人，被人民爱戴的人；
剥削人民的人，为人民服务的人；
妄想流芳千古的人，一心默默奉献的人；
愚弄人民的人，造福人民的人；
损害人民利益的人，维护人民利益的人；
压迫人民的暴君，廉洁奉公的公仆；
自私的人，无私的人；
一心追求名利的人，一心只知奉献的人。

诗人臧克家通过两种截然相反的“有的人”的对比，批判了那些骑在人民头上的统治者和压迫者，热情歌颂了鲁迅先生为人民无私奉献的可贵精神，号召人们做真正的有价值的人。诗歌运用对比的手法使感情更加突出。

正如司马迁所说：“人固有一死，死有重于泰山，或轻于鸿毛。”1936 年 10 月 19 日，鲁迅先生不幸病逝。“忘记我，管自己的生活。”是他最后的遗言。然而，我们能忘记他吗？这些伟大的人虽然离我们而去了，但他们的精神仍留在我们的心中。

**诵读指导**

朗读要注意三个环节：停顿（按意义或音节划分）、重音（要强调的重点词语）、感情（按诗歌的内容确定感情基调）。

朗读全诗，要把握各个诗节之间的关系。诗的第一节写了两种“生”和“死”，是全诗的总纲；第二、三、四节写了两种人对人民的两种态度，它们之间是并列关系；第五、六、七个诗节分别与上面三个诗节对应，写出了两种人的两种不同结局。通过诵读来理解诗歌深刻的内涵。

**（指导教师　温莹莹）**

# 谁是最可爱的人

魏 巍

在朝鲜的每一天，我都被一些东西感动着；我的思想感情的潮水，在放纵奔流着；我想把一切东西都告诉给我祖国的朋友们。但我最急于告诉你们的，是我思想感情的一段重要经历，这就是：我越来越深刻地感觉到谁是我们最可爱的人！

谁是我们最可爱的人呢？我们的部队、我们的战士，我感到他们是最可爱的人。

也许还有人心里隐隐约约地说：你说的就是那些“兵”吗？他们看来是很平凡、很简单的哩。既看不出他们有什么高深的知识，又看不出他们有什么丰富的感情。可是，我要说，这是由于他跟我们的战士接触太少，还没有了解我们的战士：他们的品质是那样的纯洁和高尚，他们的意志是那样的坚韧和刚强，他们的气质是那样的淳朴和谦逊，他们的胸怀是那样的美丽和宽广！

让我还是来说一段故事吧。

还是在二次战役的时候，有一支志愿军的部队向敌后猛插，去切断军隅里敌人的逃路。当他们赶到书堂站时，逃敌也恰恰赶到那里，眼看就要从汽车路上开过去。这支部队的先头连（三连）就匆匆占领了汽车路边一个很低的光光的小山岗，阻住敌人，一场壮烈的搏斗就开始了。敌人为了逃命，用三十二架飞机，十多辆坦克和集团冲锋向这个连的阵地汹涌卷来。整个山顶都被打翻了。汽油弹的火焰把这个阵地烧红了。但勇士们在这烟与火的山岗上，高喊着口号，一次又一次把敌人打死在阵地前面。敌人的死尸像谷子似的在山前堆满了，血也把这山岗流红了。可是敌人还是要拼死争夺，好使自己的主力不致覆灭。这激战整整持续了八个小时，最后，勇士们的子弹打光了。蜂拥上来的敌人，占领了山头，把他们压到山脚。飞机掷下的汽油弹，把他们的身上烧着了火。这时候，勇士们是仍然不会后退的呀，他们把枪一摔，身上、帽子上冒着呜呜的火苗向敌人扑去，把敌人抱住，让身上的火，把要占领阵地的敌人烧死。……据这个营的营长告诉我，战后，这个连的阵地上，枪支完全摔碎了，机枪零件扔得满山都是。烈士们的尸体，做着各种各样的姿势，有抱住敌人腰的，有抱住敌人头的，有卡住敌人脖子，把敌人捺倒在地上的，和敌人倒在一起，烧在一起。还有一个战士，他手里还紧握着一个手榴弹，弹体上沾满脑浆，和他死在一起的美国鬼子，脑浆崩裂，涂了一地。另有一个战士，他的嘴里还衔着敌人的半块耳朵。在掩埋烈士们遗体的时候，由于他们两手扣着，把敌人抱得那样紧，分都分不开，以致把有的手指都折断了。……这个连虽然伤亡很大，但他们却打死了三百多敌人，特别是，使我们部队的主力赶上，聚歼了敌人。

这就是朝鲜战场上一次最壮烈的战斗——松骨峰战斗，或者叫书堂站战斗。假若需要立纪念碑的话，让我把带火扑敌及用刺刀和敌拼死在一起的烈士们的名字记下吧。他们的名字是：王金传、邢玉堂、胡传九、井玉琢、王文英、熊官全、王金侯、赵锡杰、隋金山、李玉安、丁振岱、张贵生、崔玉亮、李树国。还有一个战士已经不可能知道他的名字了。

让我们的烈士们千载万世永垂不朽吧！

这个营的营长向我叙说了以上的情形，他的声调是缓慢的，他的感情是沉重的。他说在阵地上掩埋烈士的时候，他掉了眼泪。但是，他接着说："你不要以为我是为他们而伤心，不，我是为他们骄傲！我觉得我们的战士太伟大了，太可爱了，我不能不被他们感动得掉下泪来。"

朋友们，当你听到这段英雄事迹的时候，你的感想如何呢？你不觉得我们的战士是可爱的吗？你不以我们的祖国有着这样的英雄而自豪吗？

我们的战士，对敌人这样狠，而对朝鲜人民却是那样的爱，充满国际主义的深厚热情。

在汉江北岸，我遇到一个青年战士，他今年才21岁，名叫马玉祥，是黑龙江青岗县人。他长着一副微黑透红的脸膛，稍高的个儿，站在那儿，像秋天田野里一株红高粱那样淳朴可爱。不过因为他才从阵地上下来，显得稍微疲劳些，眼里的红丝还没有退净。他原来是炮兵连的。有一天夜里，他被一阵哭声惊醒了，出去一看，是一个朝鲜老妈妈坐在山岗上哭。原来她的房子被炸毁了，她在山里搭了个窝棚，窝棚又被炸毁了。回来，他马上到连部要求到步兵连去，正好步兵连也需要人，就批准了他。我说："在炮兵连不是一样打敌人吗？""那，不同！"他说："离敌人越近，越觉着打得过瘾，越觉着打得解恨！"

在汉江南岸阻击敌人的日子里，有一天他从阵地上下来做饭。刚一进村，有几架敌机袭过来，打了一阵机关炮，接着就扔下了两个大燃烧弹。有几间房子着火了，火又盛，烟又大，使人不敢到跟前去。这时候，他听见烟火里有一个小孩子哇哇哭叫的声音。他马上穿过浓烟到近处一看，一个朝鲜的中年男人在院子里倒着，小孩子的哭声还在屋里。他走到屋门口，屋门口的火苗呼呼的，已经进不去人，门窗的纸已经烧着。小孩子的哭声随着那滚滚的浓烟传出来，听得真真切切。当他叙述到这里的时候，他说：“我能够不进去吗？我不能！我想，要在祖国遇见这种情形，我能够进去，那么，在朝鲜我就可以不进去吗？朝鲜人民和我们祖国的人民不是一样的吗？我就踹开门，扑了进去。呀！满屋子灰洞洞的烟，只能听见小孩哭，看不见人。我的眼也睁不开，脸烫得像刀割一般。我也不知道自己的身上着了火没有，我也不管它了，只是在地上乱摸。先摸着一个大人，拉了拉没拉动；又向大人的身后摸，才摸着小孩的腿，我就一把抓着抱起来，跳出门去。我一看小孩子，是挺好的一个小孩儿啊。他穿着个小短褂儿，光着两条小腿儿，小腿儿乱蹬着，哇哇地哭。我心想：‘不管你哭不哭，不救活你家大人，谁养活你哩。’这时候，火更大了，屋子里的家具什物也烧着了。我就把他往地上一放，就又从那火门里钻进去了。一拉那个大人，她哼了一声，我就使劲往外拉，见她又不动了。凑近一看，见她脸上流下来的血已经把她胸前的白衣染红了，眼睛已经闭上。我知道她不行了，才赶忙跑出门外，扑灭身上的火苗，抱起这个无父无母的孩子。……”

朋友，当你听到这段事迹的时候，你的感觉又是如何呢？你不觉得我们的战士是最可爱的人吗？

谁都知道，朝鲜战场是艰苦些。但战士们是怎样想的呢？有一次，我见到一个战士，在防空洞里，吃一口炒面，就一口雪。我问他：“你不觉得苦吗？”他把正送往嘴里的一勺雪收回来，笑了笑，说：“怎么能不觉得！咱们革命军队又不是个怪物。不过我们的光荣也就在这里。”他把小勺儿干脆放下，兴奋地说：“就拿吃雪来说吧。我在这里吃雪，正是为了我们祖国的人民不吃雪。他们可以坐在挺豁亮的屋子里，泡上一壶茶，守住个小火炉子，想吃点儿什么就做点儿什么。”他又指了指狭小潮湿的防空洞说，“再比如蹲防空洞吧，多憋闷得慌哩，眼看着外面好好的太阳不能晒，光光的马路不能走。可是我在这里蹲防空洞，祖国的人民就可以不蹲防空洞啊，他们就可以在马路上不慌不忙地走啊。他们想骑车子也行，想走路也行，边溜跶边说话也行。只要能使人民得到幸福，就是我们最大的幸福。所以——”他又把雪放到嘴里，像总结似的说：“我在这里流点血不算什么，吃点苦又算什么哩！”我又问：“你想不想祖国呀？”他笑起来：“谁不想哩，说不想，那是假话，可是我不愿意回去。如果回去，祖国的老百姓问：‘我们托付给你们的任务完成得怎么样啦？’我怎么答对呢？我说‘朝鲜半边红，半边黑’，这算什么话呢？”我接着问：“你们经历了这么多危险，吃了这么多辛苦，你们对祖国对朝鲜有什么要求吗？”他想了一下，才回答我：“我们什么也不要。可是说心里话——我这话可不一定恰当啊，我们是想要这么大的一个东西……”他笑着，用手指比个铜子儿大小，怕我不明白：“一块‘朝鲜解放纪念章’，我们愿意戴在胸脯上，回到咱们的祖国去。”

朋友们，用不着多举例，你们已经可以了解我们的战士是怎样一种人，这种人有一种什么品质，他们的灵魂多么地美丽和宽广。他们是历史上、世界上第一流的战士，第一流的人！他们是世界上一切伟大人民的优秀之花！是我们值得骄傲的祖国之花！我们以我们的祖国有这样的英雄而骄傲，我们以生在这个英雄的国度而自豪！

亲爱的朋友们，当你坐上早晨第一列电车驰向工厂的时候，当你扛上犁耙走向田野的时候，当你喝完一杯豆浆、提着书包走向学校的时候，当你坐到办公桌前开始这一天工作的时候，当你往孩子口里塞苹果的时候，当你和爱人一起散步的时候……朋友，你是否意识到你是在幸福之中呢？你也许很惊讶地说："这是很平常的呀！"可是，从朝鲜归来的人，会知道你正生活在幸福中。请你意识到这是一种幸福吧，因为只有你意识到这一点，你才能更深刻了解我们的战士在朝鲜奋不顾身的原因。朋友！你是这么爱我们的祖国，爱我们的伟大领袖毛主席，你一定会深深地爱我们的战士——他们确实是我们最可爱的人！

## 阅读鉴赏

在当代文学的发展史上，首先要提到的是魏巍的报告文学集《谁是最可爱的人》。在这些作品里，作者以饱含深情和诗意的笔触，报导了抗美援朝战场上惊天动地的英雄事迹，揭示了彭德怀带领的中国人民志愿军的崇高心灵，歌颂了中朝两国人民的血肉情谊。这些作品在当时一经发表，立刻便激起强烈的反响。它激励了朝鲜前线广大指战员的斗志，鼓舞了祖国人民努力生产、支援前方的干劲。魏巍在谈到写作这些散文的体会时说，"谁是最可爱的人"是他很久以来就在脑子里翻腾着的一个主题。

作者认为，在现实生活中深入感受，对写作的人非常重要。感受得深了，写出来，就必然有那么一股子劲。深入的感受，跟深入的采访很有关系。跟他们谈得深，对他们了解得深，他们的气质、思想、感情，就会感染你，使你也沉入到他们的情绪中。在表现主题时，首先，作者希图追求着最本质的东西。其次，用最能代表一般的典型例子，来说明本质的东西，给人的印象是清楚明白的，也会是突出的。写战士写得生动的奥秘是，不仅应写战士的英雄行为，还要写出英雄行为中的英雄的思想感情。不能把战士写得像一个投手榴弹的机器，不能只写了战士的一层皮，而要写出英雄的生命和灵魂。如果把活的人写死了，把英雄的人写成了纸人纸马，再出奇惊人的事迹，也觉得不太感动人。当读者感到原来做出这样英勇行为的人，是跟自己一样有血有肉的人，即使例子不太突出，仍然会感人。魏巍的写作经验还说明，一篇东西的目的性，要简单明确。动起笔来，不能面面俱到，从作品看，魏巍之所以取得巨大成功，首先在于他自己也谈到过的对生活的深刻感受，他对战士的深厚感情。其次，在于作者精湛的艺术技巧。有人称魏巍的散文为“壮丽的诗”，这的确概括了他的艺术风格。魏巍本来喜欢诗，他的散文带有鲜明的诗的素质，鲜明的形象、纯真的心灵、深邃的思想和激越的诗情熔为一炉，使思想感情的潮水自优美的笔端流出，奔腾激越，而又清新宜人。

## 诵读指导

本文是新中国成立初期一篇影响很大、传诵广泛的优秀通讯，写的是1950—1951年抗美援朝战争最艰苦的阶段，志愿军战士英勇反击美国侵略军的英雄事迹。

作为人物通讯，此文长于叙事。第五段、第十段、第十一段、第十三段，三位战士讲述了自己的亲身经历，感人至深，让人有身临其境之感。朗读时需要用舒缓的语调，娓娓道来，慢慢将听众引入故事。

第三段、第十四段、第十五段，长于抒情，朗读时注意语调由平稳逐步趋于高亢。如：“他们的品质／是那样的／纯洁和高尚，他们的意志／是那样的／坚韧和刚强，他们的气质／是那样的／淳朴和谦逊，他们的胸怀／是那样的／美丽和宽广！”是一组排比句，语调把握上应一句比一句高昂。如：“他们是历史上、世界上第一流的战士，第一流的人！他们是世界上一切伟大人民的／优秀之花！是我们值得骄傲的／祖国之花！我们以我们的祖国／有这样的英雄／而骄傲，我们以／生在这个英雄的国度／而自豪！”“第一流”要重读，“优秀之花”“祖国之花”“骄傲”“自豪”也要重读。

**（指导教师　武冬玲）**

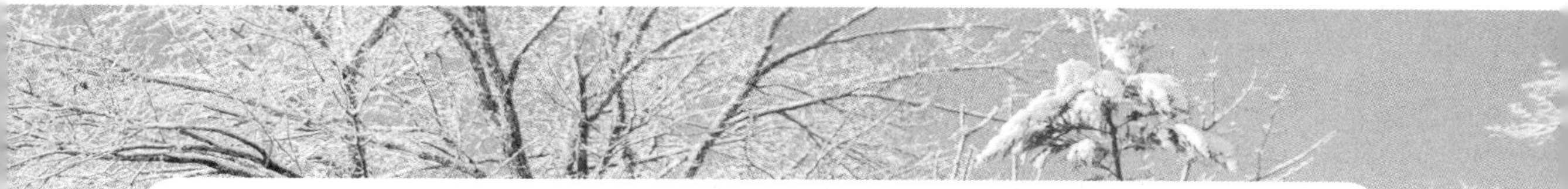

# 光的赞歌（节选）

艾　青

一

每个人的一生
不论聪明还是愚蠢
不论幸福还是不幸
只要他一离开母体
就睁着眼睛追求光明

世界要是没有光
等于人没有眼睛
航海的没有罗盘
打枪的没有准星
不知道路边有毒蛇
不知道前面有陷阱

世界要是没有光
也就没有扬花飞絮的春天
也就没有百花争妍的夏天
也就没有金果满园的秋天
也就没有大雪纷飞的冬天

世界要是没有光
看不见奔腾不息的江河
看不见连绵千里的森林
看不见容易激动的大海
看不见像老人似的雪山
要是我们什么也看不见
我们对世界还有什么留恋

二

只是因为有了光
我们的大千世界
才显得绚丽多彩
人间也显得可爱

光给我们以智慧
光给我们以想象
光给我们以热情
光帮助我们创造出不朽的形象

那些殿堂多么雄伟
里面更是金碧辉煌
那些感人肺腑的诗篇
谁读了能不热泪盈眶

那些最高明的雕刻家
使冰冷的大理石有了体温
那些最出色的画家
描出了色授神与的眼睛

比风更轻的舞蹈
珍珠般圆润的歌声
火的热情、水晶的坚贞
艺术离开光就没有生命

山野的篝火是美的
港湾的灯塔是美的
夏夜的繁星是美的
庆祝胜利的焰火是美的
一切的美都和光在一起

……

六

光从不可估量的高空
俯视着人类历史的长河
我们从周口店到天安门
像滚滚的波涛在翻腾
不知穿过了多少的险滩和暗礁

我们乘坐的是永不沉没的船
从天际投下的光始终照引着我们……

我们从千万次的蒙蔽中觉醒
我们从千万种的愚弄中学得了聪明
统一中有矛盾、前进中有逆转
运动中有阻力、革命中有背叛

甚至光中也有暗
甚至暗中也有光
不少丑恶与无耻
隐藏在光的下面
毒蛇、老鼠、臭虫、蝎子、蜘蛛
和许多种类的粉蝶——
她们都是孵化害虫的母亲
我们生活着随时都要警惕
看不见的敌人在窥伺着我们

然而我们的信念
像光一样坚强——
经过了多少浩劫之后
穿过了漫长的黑夜
人类的前途无限光明、永远光明

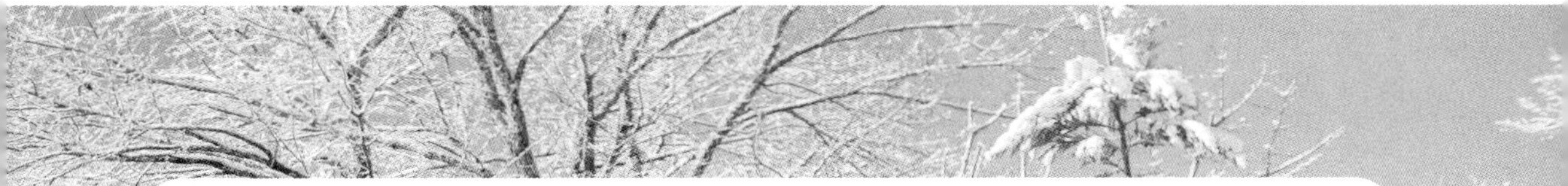

七

每一个人都是一个生命
人是银河星云中的一粒微尘
每一粒微尘都有自己的能量
无数的微尘汇集成一片光明
每一个人既是独立的
而又互相照耀
在互相照耀中不停地运转
和地球一同在太空中运转

我们在运转中燃烧
我们的生命就是燃烧
我们在自己的时代
应该像节日的焰火
带着欢呼射向高空
然后迸发出璀璨的光

即使我们是一支蜡烛
也应该“蜡炬成灰泪始干”
即使我们只是一根火柴
也要在关键时刻有一次闪耀
即使我们死后尸骨都腐烂了
也要变成磷火在荒野中燃烧

八

作为一个微不足道的人
天文学数字中的一粒微尘
即使生命像露水一样短暂
即使是恒河岸边的细沙
也能反映出比本身更大的光
我也曾经用嘶哑的喉咙歌唱
在不自由的岁月里我歌唱自由
我是被压迫的民族，我歌唱解放

在这个茫茫的世界上
我曾经为被凌辱的人们歌唱
我曾经为受欺压的人们歌唱
我歌唱抗争，我歌唱革命
在黑夜把希望寄托给黎明
在胜利的欢欣中歌唱太阳

我是大火中的一点火星
趁生命之火没有熄灭
我投入火的队伍、光的队伍
把“一”和“无数”融合在一起
为真理而斗争
和在斗争中前进的人民一同前进

我永远歌颂光明
光明是属于人民的
未来是属于人民的
任何财富都是人民的

和光在一起前进
和光在一起胜利
胜利是属于人民的
和人民在一起所向无敌

九

我们的祖先是光荣的
他们为我们开辟了道路
沿途留下了深深的足迹
每个足迹里都有血迹

现在我们正开始新的长征
这个长征不只是二万五千里的路程
我们要逾越的也不只是十万大山
我们要攀登的也不只是千里岷山
我们要夺取的也不只是金沙江、大渡河
我们要抢渡的是更多更险的流口
我们在攀登中将要遇到
更大的风雪、更多的冰川……

但是光在召唤我们前进
光在鼓舞我们、激励我们
光给我们送来了新时代的黎明
我们的人民从四面八方高歌猛进

让信心和勇敢伴随着我们
武装我们的是最美好的理想
我们是和最先进的阶级在一起
我们的心胸燃烧着希望
我们前进的道路铺满阳光

让我们的每个日子
都像飞轮似的旋转起来
让我们的生命发出最大的能量
让我们像从地核里释放出来似的
极大地撑开光的翅膀
在无限广阔的宇宙中飞翔

让我们以最高的速度飞翔吧
让我们以大无畏的精神飞翔吧
让我们从今天出发飞向明天
让我们把每个日子都当做新的起点

或许有一天，总有一天
我们这个古老的民族
我们最勇敢的阶级
将接受光的邀请
却叩开那些紧闭的大门
访问我们所有的芳邻

让我们从地球出发
飞向太阳……

**阅读鉴赏**

《光的赞歌》写于1978年。1957年诗人被错划为右派分子，1958年到黑龙江农垦农场劳动，1959年转到新疆石河子垦区。1979年彻底平反。沉冤20年重新获得自由后，诗人对社会、人生、历史，以及自己的一生作了一次全面深入的思考。《光的赞歌》就是这一思考的结晶。无论从篇幅、思想性，还是从艺术表现力上讲，这首诗都堪称诗人最杰出的诗作。

在诗作的第一章，诗人首先考虑的是光的重要作用。如果没有光，世界将是怎样一种景色？第二章，诗人又描绘了有光的世界的美好景象。

在谈到这首诗时，诗人直率、毫不含糊地说：“这第八章是给自己写的，这等于是我的宣言。”实际上，诗人早已投入了光的队伍。此时，诗人这样坚定而明确地公布自己的宣言，是要告诉世人，虽然自己经历了20年的磨难，但追求光的信念并没有丝毫改变，反而更加强烈了。他要和全国人民一道，和世界人民一道，为人类的新的光明的到来而高歌猛进。

第九章，诗人在对祖国的现实与未来进行了热情描绘之后，让全诗进入更加辽阔的境界。

《光的赞歌》这首诗篇幅宏大，气势磅礴，情绪深沉而热烈。它以高屋建瓴之势，在读者面前展开了时间和空间的无比宽阔的领域，层出不穷的哲理诗句在这宽阔的领域中熠熠闪光。

## 诵读指导

诗歌诵读要先把握诗情，定诵读基调，弄清篇、节、句所表达的诗情，做到心中有数；再划出每句诗的节奏停顿（以意群为主，兼顾语法），为下面确定重音、速度做准备。

此外诵读还要注意速度，在强调轻重的基础上，注重语速的缓急，一般结合诗情来确定语速。停顿时要做到“音断气连”，气息尽量内收，这样诵读时声音就比较干净，不拖泥带水。要注意诗句的语气语调，这是能否把诗歌读得有感情、有气韵的重要环节。语气主要有四种：陈述、感叹、祈使、疑问。不同的语气有不同的语调，语调主要有：升调、降调、平调、曲调等，尤其要重视“尾字音”，一定要“有所交代”。

诗歌诵读要讲究情感表达与变化，根据内容需要进行情感、节奏、速度的自然“转换”。诵读时，对于反复出现的诗句、排偶句要力争有所变化，为了增强朗诵效果，可以在忠于原文的内容情感的基础上，进行一些必要的处理，尽量把节奏停顿、意、情、气等理顺；也可以在正式诵读的文稿的前面，用心写一段“导入语”，营造诵读气氛。

**（指导教师　高音）**

# 信仰辉煌

——献给红军长征胜利80周年

郑宏彪

前方，是几十万大军围追堵截的阻挡；
前方，是烈火燃烧与钢铁碰撞的阻挡；
前方，是茫茫草地与高高绝壁的阻挡；
前方，是四百次激烈战斗的阻挡；
前方，是饥饿与寒冷的阻挡；
前方，是伤痛与死亡的阻挡；
前方，是错误与迷茫的阻挡；
每走一步，都要踏过生死存亡。
只要慢一步、错一步，前方就会失去了前方。
只要多一步、少一步，前方就会不再有前方。
前方在哪里——在哪里——哪里是前方？
绝境——绝路——绝处——绝望

五千年中华智慧传来力量，
马列主义的真理传来力量。
猛抬头，看红旗，真理在旗帜上飘扬，
举双眼，看太阳，真理在太阳上闪光。
真理的惊雷在红军的心中轰响——

大道之行，惟有信仰；
存亡绝续，全凭信仰！

征服绝境，全凭信仰！
信仰之光，穿透错误与迷茫，
懂得了选择新的方向与新的领航。
征服绝境，全凭信仰！
遵义会议在遵义城头发表真理大响，
前进的旗帜指引着北斗的星光。

打通绝路，全凭信仰！
信仰之光，打通绝路的明亮，
开辟长路我们有了锐利的力量。
尽管敌人烧毁了船只，
但人民之舟更能劈风斩浪。
尽管敌人封锁了桥头，
但精神的长虹更能飞架大河大江。
自古没有人迹的雪山，
却树起了英雄的群像；
自古没有脚印的沼泽草地，
却用意志与骨肉铺成了征途的宽广。

逢生绝处，全凭信仰！
信仰之光，以艰难筑起高炉的炉膛，

把视死如归化成对新生的酝酿！
信仰之光，裂变雷霆万钧的能量。
以挥洒热泪的方式谱写歌唱，
以燃烧生命的方式传播思想，
以不息的步伐书写伟大的忠诚，
以倒下的身躯推动铁流的浩荡！

走出绝望，全凭信仰！
信仰之光，
在冰天雪地里即使穿一件单薄军装，
心中也有永不坠落的暖阳。
信仰之光，
照耀担当的双肩与无私的胸膛。
一位红军勇士冻死在雪山之上，
发怒的将军要查处军需处长。
将军的怒火在山巅的高度里跳荡，
通信员默默地低头躲开将军的目光，
原来这位被冻死的勇士就是军需处长。
风雪长哭，雪山断肠——
将军无言，昂首远望。
巍巍大雪山，
化成了军需处长不朽的雕像！
不朽雕像，天地共仰！

长征，一次伟大信仰的远征，
长征，一种远征的伟大信仰！
高举信仰，长征铸就信仰辉煌，
高举信仰，长征谱写信仰荣光！
信仰真理，信仰人民；
不改初心，永怀信仰！
我们重新走在长征路上，
长征，在年轻人的脚下永远延长。
长征精神的红色丰碑，
是传接在我们手中的闪光接力棒。
一棒又一棒的执着传承，
每一棒都谱写信仰的壮美乐章！
一棒又一棒的执着传承，
每一棒都谱写信仰的壮美乐章！

不改初心，永怀信仰——
我们决胜新的长征全面小康；
不改初心，永怀信仰——
我们的热血与时代大潮一起激扬；
不改初心，永怀信仰——
任凭你西方和平演变，
看我气节如铁忠诚如钢；
不改初心，永怀信仰——
任凭你妖雾弥漫围剿扼制，

看我长剑在手正气高扬。
不改初心，永怀信仰——
新的长征长路宽广，
红军传人浩浩荡荡，
我们铸牢中华信念，
我们放飞中国梦想，
看，又一轮红日喷薄而起，
天地通明中国荣昌！
大——道——之——行——
信——仰——辉——煌——

## 阅读鉴赏

郑宏彪大校是原广州军区《战士报》主编，多年来创作、发表、诵演诗歌一千多首，其中一半是原创朗诵诗。朗诵诗原创诗人在诗坛本就不多，而红色朗诵诗原创诗人更是凤毛麟角。这首《信仰辉煌》就是为广东省纪念红军长征胜利80周年、“重走长征路”大型采访活动、广东省第五届“南粤长城杯”演讲比赛启动仪式而作，在“红一连”首演，后被搬上广东少儿春晚。郑宏彪历来倡导“把诗歌从诗人的小圈子里解放出来”，“让诗歌走向人民，走向真理，走向时代，走向大美”。他的这首红色朗诵诗旗帜鲜明地诗化信仰对长征胜利和决胜新长征的巨大力量，歌颂中国制度和人民力量，传达了中国人民对美好生活的向往。诗人把历史与诗意融合，兼具深刻思考与审美意义，把诗作写得大气磅礴兼具感动人心的力量。朗诵这首诗是对我们红色基因的滋养、培育与召唤。有评论家把郑宏彪的红色朗诵诗作品誉为“诗意的政治评论，韵律的政治宣言”！

**诵读指导**

本诗追溯历史，再现了中国红军历经磨难挫折，经历围追堵截、饥饿寒冷，走过雪山草地，走出错误迷茫，最终走向辉煌胜利的历史全景，塑造了有坚定信念、英勇献身精神的勇士群像，也刻画了以生命维护信仰忠贞不渝的英雄个体，带领读者思考是什么带领党与祖国历经磨难挫折从苦难走向辉煌。在异常艰苦和错综复杂的社会环境下，中国共产党和中华民族没有迷失方向，靠的不仅仅是不怕苦，不怕死，百折不挠，自强不息的民族精神，还有马克思主义信仰这个坚定的政治方向。诗作大气磅礴，充满张力，诵读时要感情饱满、声音洪亮，注意把握诗歌慷慨雄健的感情基调，体会诗人创作时心中澎湃激荡的革命理想和崇高的共产主义信仰。诗人善于将古体诗的语言节奏与新诗的语言节奏巧妙地融合，华章叠出，金句不断，同时有贯穿全诗的主旋律与主韵律，因此诵读时要注意适当停顿，使用轻、重音来突出诗作的结构美和旋律美。

（指导教师　高音）

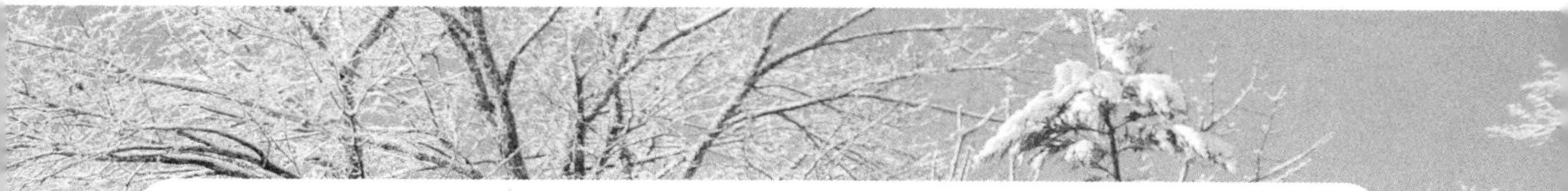

# 北大荒人的歌

王　德

第一眼看到了你
爱的热流就涌进心底
站在莽原上呼喊
北大荒啊我爱你
爱你那广袤的沃野
爱你那豪放的风姿
几十年风风雨雨
我们同甘共苦在一起
一起分享春光的爱抚
一起经受风雨的洗礼
你为我的命运焦虑
我为你的收获欢喜
北大荒我的北大荒
我把一切都献给了你
你的果实里有我的生命
你的江河里有我的血液
即使明朝啊我逝去
也要长眠在你的怀抱里

## 阅读鉴赏

建设开发北大荒是新中国成立初期党中央与中央军委根据现实情况的需要做出的重大战略性决策。为了响应国家号召，大批军人与知识青年来到北大荒，开垦数千万亩荒地，使之成为共和国的“大粮仓”。几代北大荒人用行动书写了无私奉献、艰苦奋斗、勇于开拓、顾全大局的北大荒精神。

《北大荒人的歌》歌颂和赞美了这些北大荒的建设者。历史的沧桑、灵魂深处的探寻，全都融化在对北大荒的大爱中。全诗分为两个部分，第一部分叙述了对北大荒的深情赞美，第二部分表现了献身北大荒的美好渴望。诵读诗歌，我们可以感受北大荒人的甘于奉献、敢于开天辟地的气魄与情怀。

## 诵读指导

本文是一曲北大荒人的颂歌，诵读时感情要真挚饱满。身处黑土地的我们，诵读时要仿佛看到那“广袤的沃野”和“豪放的风姿”，要深入挖掘内心深处对北大荒的爱。第一部分开始时语速应缓慢柔和，犹如轻轻倾诉。“爱你那广袤的沃野”开始声音应饱满连贯，要适当加重读音，突出诵读层次；对在北大荒艰苦创业的深情回忆以及与北大荒同甘共苦、生死与共的情感表达部分，情感要激昂饱满。但是总体来说，第一部分以深情倾诉为主。第二部分要由深情述说变为放声高歌，总体情感要更加饱满激昂。“你的果实里有我的生命/你的江河里有我的血液”开始进入情感高潮，充分表现了北大荒的建设者将自己的生命和热血奉献给祖国的高尚情怀和坚定信念，展示了北大荒人的精神风貌。诵读这部分时声音应更加饱满激昂。当然，还应注意声音的连贯和气息的流畅，例如诵读“即使明朝啊我逝去”这一句时，声音可轻柔一些，从而为下句“也要长眠在你的怀抱里”的激昂豪迈铺垫蓄势。

（指导教师　叶冬波）

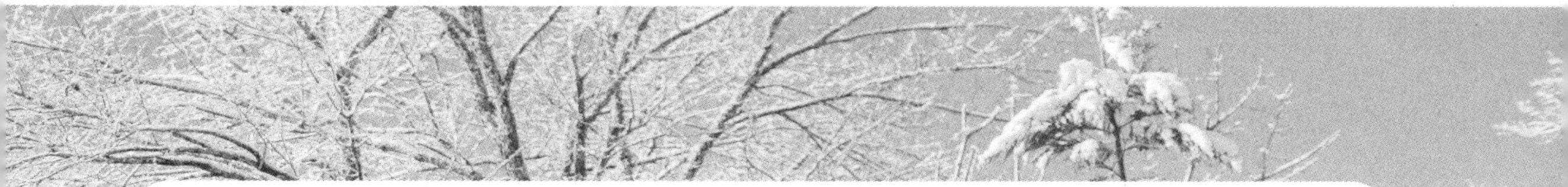

# 河流知道这一切

——献给投江殉国的八位女抗联战士

**王明远**

一

那一天没有雨　但雨知道了
那一天没有雪　但雪知道了
那一天还没有云　但云也知道了
因为河流　知道这一切
那一天只有太阳
可太阳被魔鬼扯下来
做成了杀戮的旗
在这片美丽的土地上
肆虐

二

那是一个冰冷的时刻
冰冷得连河岸上的芦花
都已经凋落
河流　这时早已备好了初冬的睡衣
谢绝所有的来客　要静静地安歇
也许她刚刚要在宁静中进入梦乡

可转瞬间　岸上就已经开始了一切：
捍卫她宁静　美丽容颜的
守护她安静入眠的
八位青春女子
正被太阳旗疯狂地逐戮
八位中华女儿　此刻　弹尽粮绝
除了用心垒成的不屈的意志
除了掩护大部队安全转移后的欣慰
她们什么都没有了　此刻
除了留给母亲那份灿烂的微笑
除了随风和唱硝烟的低回
没有了　什么都没有了
血腥　眼看还要继续　可河流
还是默默地　默默地注视着眼前的这一切
其实在河流的眼里
她们还有许多　许多
那溪流一样的欢乐
那花儿一样的岁月
可在八位青春女子面前
她们真的什么都没有了
只有　只有眼前这条即将封冻的河流
——在这里　她们能找到回家的感觉
在这里　她们会得到母亲疼爱的抚摸

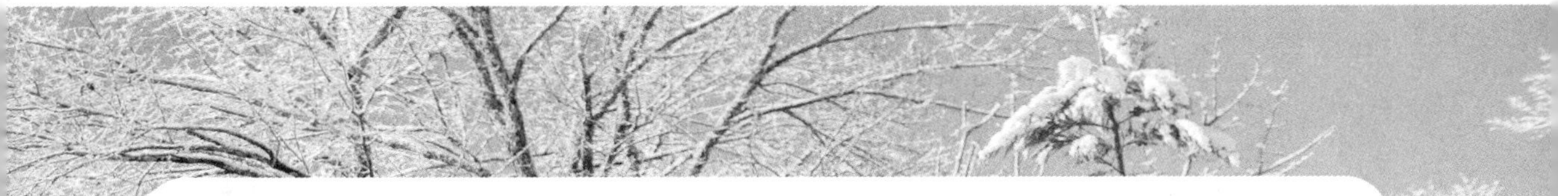

冰河　动容
敞开了即将披上的睡衣
拥抱了八位英雄女儿的身躯
热血和着刺骨的冰河
涌动　涌动
冰河冷峻地屏住呼吸
默默地　默默地平整那件睡衣
示意岸上的苇草莫再呜咽
她要让八位女儿
枕着自己的臂膀　静静地安息

三

河流默默地做完这一切
瞥了一眼太阳
什么也没说　默默地流淌着
她以自己的方式
渐渐地让云知道了这一切
于是云
在冬天　下了一冬的雪
在夏天　下了一夏的雨
年复一年　所有的雪所有的雨
都给了河流
河流　所有的河流

连同两岸的花草　泥土
甚至鸟儿的粪便和野兽的唾液
什么都不说　都顺着河流
默默地朝着一个方向流着 流着
因为　河流知道这一切
他们都沿着河流的脚步
一起走向大海　走向大洋
她们日夜地流着
她们要让大海永远不干
让大洋永远丰满
让在大海大洋上飘摇的那一小撮
——自喻为太阳的土地
永远都望洋兴叹

四

河流　知道这一切的河流
相拥着八位女儿英魂的河流
什么也不说
就这样　默默地流着　流着
一天又一天　她流得越来越磅礴
一年又一年　她也流得越来越洒脱
她常常相伴八位儿女的英魂
和云　和雨　和雪一起畅游浩瀚的天河

谈笑间　她们嘱咐太阳

和谐才能创造一个双赢的世界

和谐才能拥有这世界的一切

## 阅读鉴赏

1938 年夏天，牡丹江流域的东北抗联第五军为摆脱日寇围剿向西转移，突围中牺牲较大，妇女团仅剩冷云等八名女战士。10 月 20 日拂晓，第一师一部行军至乌斯浑河下游，师长命令参谋金石峰带领八名女战士到岸边先行渡河，正在此时，日伪军向抗联营地发动了猛烈攻击，冷云她们见大部队处境危险，便毅然决定吸引敌人火力，掩护主力转移。隐蔽在柳条丛中，八支长短枪一齐向敌人猛烈开火，日伪军腹背受敌，阵脚大乱，抗联大队趁势冲出重围。但此时敌军火力却转向八名女战士，形势异常险恶，第一师首长为解救冷云等人，率队折回接应，但被敌人的猛烈炮火压制在山口，伤亡很大。

危急时刻，八名女战士用抗联传统的齐声喊话方式对着青山密林奋力高喊："同志们，不要管我们！保住手中枪，抗日到底！"一时间，清脆但坚毅的呐喊声一次次回响在江畔林间。抗联指挥员听到了她们的喊话，又组织了几次冲锋，但敌众我寡、伤亡惨重，只得忍痛下令，部队撤入西山柞木岗密林。

被抗联大队甩掉的敌人气急败坏地掉转枪口，向岸边扑来。冷云她们以茂盛的柳条丛为屏障，等敌人挨近前沿阵地时，投出手榴弹，把敌人炸得血肉横飞，只能趴在地上打乱枪。此时，天逐渐亮了起来，八位女战士的子弹已经打光，只剩几颗手榴弹。前面是凶恶的敌人，背后是汹涌的江水，摆在她们面前的只有两条路：为祖国而战死或被敌人所俘虏。

八位战士向敌人投出最后的手榴弹后，相互搀扶着，向江里走去，敌人向江中扫射，殷红的江面上再也不见了英雄们的身影，滔滔江水带走了八位女战士的生命。

## 诵读指导

整首诗歌共分为四个小节。第一节，主要揭示日寇杀戮行径，这种行径终将被铭记，同时指出这种侵略的行径何止限于人类社会，更延伸至自然界的万事万物。第二节，主要描绘八位巾帼慷慨就义的场景，她们怒视重重敌围，弹尽枪空，此际该如何？不陷牢狱遭凌辱，携手踏入清波。忠烈儿女，毅然归去。第三节，主要叙述八女壮举终将被人民铭记，这种大义凛然、以身许国的精神成为中国抗日精神的重要组成部分。第四节，再一次升华主旨，八女投江精神成为世界反法西斯精神的重要组成部分，并且告诫那些侵略者，侵略必然有坚毅的反抗，这个世界需要的是和平。诵读本诗，先要理解诗歌的内容，在控诉侵略者罪行时语调应高亢激昂；在叙述八女投江的场景时，语调应舒缓而坚定；在读到对侵略者的不屑与鄙夷时，情感上要轻视，语气要坚定；在读到呼吁与希望时，语调要有告诫意味。

（指导教师　霍旺）

# 致抗联无名烈士

鞠云河

想写一首诗
高山仰止
唯恐写不尽巍峨壮丽
只听你用粗犷的嗓音
把泣血的音符
吼得遍地

穿越时空
听得回肠荡气
借大小兴安
白桦青松做笔
填一阕新词
手书给你

浓阴遮天
野露沾衣
篝火相约寒星
挤进我的诗句

只是标题
没能写出你的名字
铮铮铁骨男儿
你在哪里
我不敢对苍穹呼唤
生怕惊扰你的思绪
只有默默诵读碑文
揩干字缝里的血迹

前有枫桥夜泊
后有巴山夜雨
今日景行行止
只有铁岭绝壁
我这张诗的门票
不知是否过期

走近你
你在蓝天的笑容里
闭上眼睛
你在青青的芳草地
万里长空忠魂舞
你融进《义勇军进行曲》的旋律

走近你
你伴一江春水东流去
蓦然回首
你在万家灯火里
《汉书》记事二百三十载
谁来为你写“史记”

沿着松花江畔寻寻觅觅
我把一颗诗心留给你
秋天时陪你看
大豆高粱熟了
春天时陪你看
江南又绿

等我老了
岁月也长起胡须
可你依然年轻
还是当初的年纪
再一起走一走这条路
有我，有你

## 阅读鉴赏

震惊中外的九一八事变后，日本侵略者对东北人民实行野蛮的殖民统治。中国共产党高举抗日救国旗帜，号召东北人民广泛组织抗日武装，揭开了东北抗战的序幕。由党领导的东北抗日游击队、东北人民革命军发展起来的东北抗日联军是中国共产党创建和领导的抗日武装的中流砥柱。这支 3 万余人的英雄部队，在极其艰难困苦的条件下，坚持抗日游击战争长达 14 年之久，歼灭了大量日伪军，牵制了日本关东军大量兵力。

佳木斯一带是东北抗日联军第三军、第四军、第五军、第六军、第八军、第十一军主要游击区，日本侵略者惊呼这里是“共产乐园”。1937 年以后，日本侵略者进行三江军事“讨伐”，疯狂地推行“集团部落”“经济封锁”政策，抗日联军的粮食及军需物资得不到及时补充，部队供给极为艰难。

1937 年 1 月，“西门外特支”和“桦川中学区委”合并成立中共佳木斯市委。为抗日联军筹备军需物资，支援抗日联军打破敌人的经济封锁，是地下党组织的主要工作。为避开敌人，在西郊敖其小学和佳木斯南太平川建立了敖其和佳南两个联络站。1937 年初，佳木斯地下党组织通过关系，把原在佳木斯西门外小学当校长的共产党员李恩举（李晋三）调到敖其小学当校长，负责敖其联络站工作。把共产党员白云龙调到太平川镇李祥屯，负责佳南联络站工作。

1937 年、1938 年中共佳木斯市委及其所属地下党组织通过两个联络站为抗联第三军、第六军、第七军、第十一军分批筹集购买和运送大批物资及民间枪支等武器，有力地支援了抗日联军，为抗日斗争做出了重要贡献。

## 诵读指导

整首诗歌共分为八节，作者思绪在不停波动。诵读时首先应该理清作者的情感变化，按照作者的情感，在语速快慢、语调强弱、声音轻重上做出适当的调整。例如第一节，作者被抗联无名战士的精神感染，想要讴歌却又担心自己的文字太过苍白，在诵读的时候要读出那种忧虑和对英雄的赞美。“想写 / 一首诗 / 高山仰止 / 唯恐 / 写不尽 / 巍峨壮丽 / 只听 / 你用粗犷的嗓音 / 把 / 泣血的 / 音符 / 吼得遍地。”

（指导教师　霍旺）

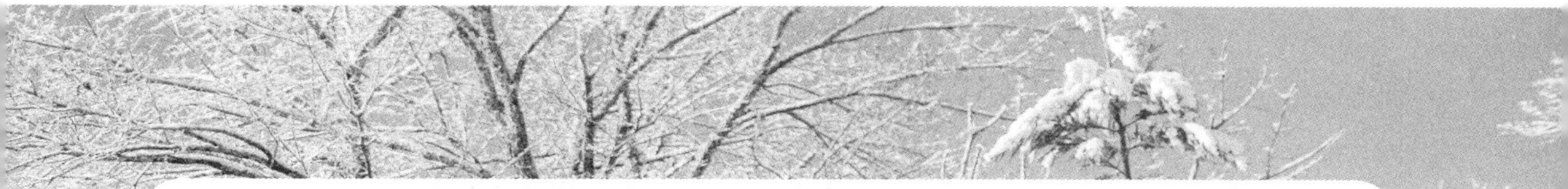

# 在英烈的名单里寻找您

孙代君

我在饶河长大。

在我生活的那片热土上，聚集了抗美援朝归国的老兵，来自天津、上海和杭州等大城市的知青，当年被打成右派的知识分子，还有怀揣梦想闯关东来的各路人士。

我的父亲就是1956年随十万抗美援朝归国官兵来到这里的。妈妈呢？我曾多次问她：“妈妈，你是怎么来的？”她每次都是沉默不语，有时眼睛还瞬间蒙上了泪水。她越是不说，我越觉得神秘，我翻箱倒柜，找出户口本，上边赫然写着：任彦，女，1933年4月17日出生，出生地天津。

原来妈妈出生在大城市，那几十年前她是怎么来到偏僻的饶河的呢？我隐隐感觉那是妈妈心里的痛处，从那时起，我不再和她老人家提起。

我上班的那一年，突然有一天，妈妈把我叫到她身边：“你长大了，该和你说说我的经历了。”

1937年，妈妈5岁（虚岁），那年冬天，姥姥带着她离开天津，长途跋涉，历尽艰辛，几经辗转，来到了边境饶河，姥姥和她说是来找姥爷。妈妈说，姥姥领着她，走过很多村屯，见过很多的人，蹚过雪，进过山，迷过路，姥姥一路打听姥爷的名字，但是没人知道；打听抗联队伍的去向，也没人理她……

那时候，天特别冷，寒风像是刀子，割人的肉，再加上经常吃不饱饭，妈妈每天都是在哭啼中度过的。姥姥总是亲昵地安慰：“找到爹爹，就好了，乖乖，别哭，别哭。”

有一天，姥姥带着她，来到了一个叫东安的村子。姥姥敲开一家的门，说是讨口水喝。一对老夫妇把她们让进屋里，见妈妈在姥姥怀里瑟瑟发抖，老太太就接过去，把她放在了热炕头上。老太太端来热水，老头拿来热乎的大饼子，塞到妈妈的手里。姥姥和主人聊得很投机，见老夫妇没有儿女，心地又善良，姥姥松了口气：“我去趟厕所。”老夫妇左等右等，也没等回姥姥。

妈妈说，姥姥就这样走了，独自去找姥爷。从此，杳无音信。妈妈日日夜夜喊着找姥姥，在泪水和思念中长大。

等到饶河解放了，妈妈到县人民政府找抗联的姥爷，政府和有关部门非常重视，帮助多方寻找，但是都没有结果。

妈妈和我说，你姥姥去哪了，找到你姥爷了没有，他们是死是活，我都不知道，你有文化，你可以找找他们。

我知道，这是妈妈的一个心病，找姥姥姥爷的事，是她一生的执念。

当年姥姥领着妈妈直奔饶河找姥爷，说明姥爷离开姥姥时，曾经说过“饶河”这个名字。还有，如果姥爷已经牺牲，那就应该去抗联英烈名录里去找他的名字。

我查了饶河县志，翻阅了许多抗联回忆的文章，想在浩瀚的文字里发现姥爷的蛛丝马迹。抗联队伍在抗日期间辗转流动，姥爷许是会转战别的战场。我不断扩大寻找的范围，想在抗联英烈的名单里找到姥爷的名字。

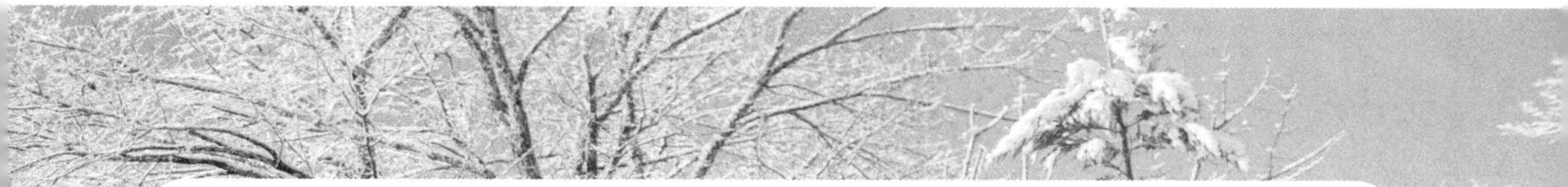

可是，在这些英烈名单里还是没有发现“任”姓的点滴痕迹。

有人和我说，在抗联队伍里，出于隐蔽和地下工作的需要，很多抗联的战士和地下工作者都是反复使用化名，比如杨靖宇原名叫马尚德；李兆麟化名张寿篯；抗联十一军军长祁致中，化名祁宝堂；陈雷原名姜士元；由于李坤泰化名赵一曼，家人寻找了她多年，她在临刑前给儿子宁儿留下的那份遗书，20年后她的儿子宁儿才看到。在抗联艰苦的岁月里，化名是很平常的事情。

若是我的姥爷使用了化名呢？当年，姥姥找姥爷，不就是海底捞针吗？

在和一些研究抗联史的专家们探讨追寻姥爷踪迹的时候，他们说，抗联是在极度艰难困苦的条件下坚持打击日本侵略者的，有些留下了名字，可是更多抗联战士的名字都无法记载。一共有多少抗联战士？叫什么？姓什么？战死在哪里？这是无法统计的，所以，很多抗联战士的名字在名录里是看不到的。这些无名英雄，为了民族的解放和独立，抛头颅，洒热血，战死荒野，他们都把自己的名字凝结在生命里，留在了白山黑水之间，献给了中华民族伟大的抗日战争事业。

我仿佛在白山黑水之间，在与日寇厮杀的场面里，看到了姥爷的身影，看到了他满怀仇恨、视死如归地把子弹射向敌人……

随着寻找姥爷的脚步，我看到抗联艰苦卓绝的战斗历史，看到了抗联与日军决一死战的战斗历程。

据日伪档案统计，1931年到1945年东北抗日联军对日作战103 500次，歼灭日军186 200人，牵制日本关东军76万人不能入关，为配合全国抗战做出了巨大贡献。

难以想象一支不足4万人，几乎没有后勤保障，靠最简陋的条件，在冰天雪地中生存和战斗的抗日武装，始终面对着数倍于自己的强兵，能够坚持“积小胜为大胜”的战术原则，频频出击，打击日寇及敌伪势力，建立抗日根据地。

在长达14年之久、极其艰难困苦的岁月里，他们同日本帝国主义侵略者进行着艰苦卓绝、不屈不挠的浴血奋战，歼灭和牵制了大量的敌人。在没有后方，没有供给，完全靠缴获作战的情况下，居然和日寇最精锐、装备最精良、拥兵数百万的关东军进行大规模决战，不能不说抗联创造了奇迹！抗战中，被抗联击毙的日寇高级将领竟然有11位，有效地打击了日寇嚣张气焰！

看到资料中一次次惨烈的战斗，我热血沸腾，姥爷啊，您也一定打死了许多个鬼子，在冰天雪地里历尽艰辛，为保家卫国浴血奋战到最后一刻吧！

妈妈说：“你姥姥扔下我上山，可能是找到你姥爷后和他一起参加抗日队伍，两人都牺牲在山上了。要是活着，应该能来找我啊！抗联战士能活下来的，没有几个啊！他们死在哪里了，想给他们烧个纸都找不到坟头啊！”

我回想起看到的一篇抗联战士回忆录，有一句话，让我深深地震撼：“能第一次执行任务回来的是幸运！能第二次执行任务回来的是万幸！能第三次执行任务回来的是奇迹！”

难以想象，在没有吃住的地方，在零下40多度的冰天雪地里，在随时随地面对日寇来袭的情况下，他们凭着怎样顽强的意志和坚定的信念与敌人拼杀，那时他们一定没有为个人打算过，只是想着，一定把日本鬼子赶出中国去，坚决不做亡国奴。

看到这段惨烈又壮烈的抗联历史，我体会着两个字，那就是抗联战士对祖国、对民族的“忠诚”！

东北抗联就这样默默和敌人搏斗了14年，在这漫长的岁月里，发生了多少可歌可泣的故事。他们以血肉之躯、不朽的精神、超常的毅力、民族的自尊和勇敢，争取着民族的自由，铺平了抗战胜利的道路。这种高尚的精神主宰着他们，让他们忍饥受冻，忍受着与亲友离别的痛苦，盼望着胜利的到来！

更多的抗联战士牺牲在这片热土上，没能看到日本侵略者被赶出中国的那一天！

1998年12月24日，外边下着大雪。妈妈在弥留之际，拉着我的手，声音微弱地说：“那天也是这么大的雪，再也没见着你姥姥……唉，活着见不着，死了该见着了……”

“你姥爷也不知是饿死了，冻死了，还是让小鬼子打死了……”

“小君，记着点，我死了，给我多准备点棉衣和馒头，我给他们捎去……”

妈妈的嘴唇颤动着，呢喃着，诉说着她积蓄在心底几十年的思念和牵挂，眼角挂着泪珠，闭上了双眼，和她朝思暮想的爸爸妈妈见面去了……

姥爷的名字，我至今没在抗联英烈的名单里找到。

我和妈妈说，实际上姥爷这样的抗联战士有千千万万，他们把自己的名字融进了血液，融进了生命，写在了白山黑水……

我们应当世世代代永远牢记这段悲壮的历史，以及那些抗日先烈的高贵的名字——抗联！

**阅读鉴赏**

这篇散文朴实无华，却感人至深，作者孙代君讲述了一个真实的故事，其实也是抗战时期无数英烈家庭的故事。他的姥爷从河北到东北，参加抗联部队，失去了音讯后，他的姥姥带着5岁的女儿——也就是他的妈妈，从数千里外的天津一路辗转，来到他姥爷所在抗联部队的活动区饶河县，她把女儿丢给了好心的贫苦农民抚养，于风雪夜出走，只身去寻找抗联游击队，寻找丈夫，自此音讯全无。

这篇文章中没有太多的写作手法，只是平铺直叙，却抓住了读者，其原因就是写实。文章还通过一些细节的描述，让思想感情得以升华。细节虽小，但小中见大。作者的母亲在弥留之际，拉着他的手说："那天也是这么大的雪，再也没见着你姥姥……唉，活着见不着，死了该见着了……""你姥爷也不知是饿死了，冻死了，还是让小鬼子打死了……""小君，记着点，我死了，给我多准备点棉衣和馒头，我给他们捎去……"

读到这里，又有谁能不潸然泪下？是作者的姥姥和姥爷狠心，弃自己亲生女儿而不顾吗？绝非如此，他们正是为了民族的解放，为了千千万万的人不当亡国奴，才舍弃了亲生骨肉，走上了为国捐躯的不归路。这是一种大爱！作者的姥姥和姥爷在反法西斯战场上没有留下姓名吗？也绝非如此，他们就行走在东北抗日联军的队伍里，他们的名字就叫"抗联"！

**诵读指导**

散文诵读的基调应该是平缓的，没有太大的起伏，即使是在作品的高潮，也不会像演讲那样异峰突起，慷慨激昂。在诵读时要用中等的速度、柔和的音色，一般用拉长而不用加重的方法来处理强调重音。散文是心灵的体现，是真情的流露，诵读这篇散文应力求展示作者倾注在作品中的情感，融情入境，情随文动。

（指导教师　王长玲）

# 校园创作

# 我们的荣光

第一中学教师　郭振富

## （一）红色星火劈榛荒

旷远蛮荒的东北，
一九二六年的三江，
因一所学校的出现，
从此改变了模样。

桦川县立中学——佳木斯一中前身，
诞生于佳木斯镇松花江畔福丰街上。
知识的种子在这里萌发，
红色的溪流在这里汩汩流淌。

“万里长城万里长，长城外面是故乡；
高粱肥，大豆香，遍地黄金少灾殃……”
如此富庶宁和的乡土，
竟引来东洋贪狼的目光……

1930年中共党员、英语教员唐瑶圃来到一中，
1932年数理教员张耕野成为我市第一名党员。
革命的火种在这里播撒，

桦川中学成为三江革命的赤壤。
巍峨兴安岭苍苍，
浩瀚三江水泱泱。
五月鲜花迎寒放，
红色星火劈榛荒。

1933年语文教员董仙桥组建我市第一个党小组，
1934年桦川中学党支部诞生，
1937年中共佳木斯市委在我校成立，
共产主义火种从此照彻黑暗，燎原三江。

为了民族的解放，
为了衰老的爹娘，
桦川中学的进步师生，
毅然走向民族解放的战场。

马克正、赵敬夫、张宗兰、陈雷等同学相继入党，
“火烤胸前暖，风吹背后寒。”
校友陈雷主创的《抗联营歌》在冰天雪地间回荡。
乌斯浑河岸中华儿女标芬芳，
校友冷云率七名女战士，
视死如归，壮烈投江。

十四年抗战，
我校无数英雄学子奔赴战场，
民族解放的洪流里，
始终都有我校的热血儿郎。
可以说，一中的建校史，
就是佳木斯党建史，
鲜红的革命基因早已融入一中人的血脉，
成为永恒的精神滋养。

## （二）延安精神照三江

星星之火的发源地，
红色基因的孵化场。
在血与火的洗礼中，
三江迎来解放，
一中迎来新生的太阳。

1946 年，佳木斯联合中学成立，
抗联第四军军长，合江省主席李延禄荣任一中校长。
其后，张如心、邵凯、白路三位校长继续执掌一中航向。
这四位校长均来自革命圣地——延安，
是他们，把抗大办学的传统、伟大的延安精神
引进一中的课堂。

不怕牺牲，爱国至上；
勇于奋斗，英勇顽强。
延安精神在这里扎根，
红色基因在这里闪光，
这伟大而宝贵的精神财富，
激励一中人世代奋斗，谱写新篇章。

### （三）与时俱进铸辉煌

1949 年 6 月 25 日，毛泽东主席给佳木斯联中复信：
“甚望继续努力，与群众结合，
把我们的新教育事业建设得更好。”
主席之甚望，
是一中人无上的荣光；
党和国家的需要，
是一中人追求的最高理想。

在毛主席的殷切期望下，
全体一中人不忘嘱托，
伴着全国解放的隆隆炮响，
投入到新中国建设的战场。
美帝猖狂，
我校 200 多名学子奔赴朝鲜前线；
国家急需建设人才，

傅志寰等校友走进苏联课堂。
土地改革，
各行各业需要干部，一中立即调整育才方向；
“少年”一中，始终伴随共和国的脚步茁壮成长。

80 年代“三全管理”，
一中走出“文革”迷茫，
90 年代“五心教育”，
虚功实做全国首创。
100 多块国家和省级奖牌无不闪耀着我校一路奋进的壮丽荣光。
“雄关漫道真如铁，而今迈步从头越。”
在建党 100 周年、建校 95 周年之际，
让我们共同缅怀，一中走过的峥嵘岁月，
共同奏响，新时代佳一中奋进的序章。

愿每一位一中人，
壮志凌云，初心不改。
愿佳一中每一个明天，
红日初升，光芒万丈！
愿佳一中鲜红的爱国基因永不褪色，
祝母校——佳木斯一中：
生日快乐，青春无疆，
继往开来，永铸辉煌！

# 神奇的土地

**第一中学教师　李彦**

这是一片神奇的土地
在这里，红色血脉筑就一个个奇迹
一批批年轻人，冲破黑暗，在这里接过信仰的大旗
赫赫有名的抗日将领
英勇不屈的抗联战士
为掩护战友毅然走向乌斯浑河的花季少女
为转移文件惨遭迫害的革命一家
投身抗美援朝的联中青年
主动请缨却不幸遇难的云环校友
他们，全部来自这里，这片神奇的土地

滚滚的松花江水
莽莽的平畴沃野
抗联精神在这里磅礴延续
延安精神在这里续写传奇
中华东极
八九点钟的早晨里
铮铮誓言在一群红黄蓝里回荡不息

忠心献给祖国
爱心献给社会
关心献给他人
孝心献给父母
信心留给自己
“五心”教育，享誉全国，正是在这里发起

95 年，一中人用自己的实际行动证明：忠心献给祖国
传承红色基因，赓续红色血脉
为党育人，为国育才
一代代一中园丁的孜孜不倦成就七万一中栋梁
他们从这里起飞
从东海到西藏，从南沙到北疆
坚定地追寻着先辈一中人的足迹
成为民族复兴大业的坚强脊梁

回望青青校园
蓝天，白鸽
鲜花，笑脸
校园的垂柳
充满深情地说
你看，咱们的党员先锋岗没变
我们志愿服务队里的红旗仍旧高高飘扬

扶危救困的捐款名单上
义务献课的时间表里
脱贫攻坚
对口支援
爱心献给社会
关心献给他人
一中人说到做到
任何困难也别想把我们阻挡

我们的眼里的确常含泪水
老师告诉我
那是妈妈的叮咛化成的温润
那是爸爸的眼神凝成的水滴
一中告诉我
百善孝为先
孝心献给父母
我，才能是合格的我

轻轻翻开相册
悄悄吹过的微风
喃喃地说起
教室里，课桌前
操场上，礼堂中

一个个我
聆听，沉思
奔跑，成长
在这里，我们的理想，有了清晰的模样
自信，神奇地住进了我们的心里
一中，谢谢你，你教会我们
信心留给自己

一中人不会忘记最初的方向
这就是我们不变的信仰
就在这片神奇的土地
一定会成就新的神奇伟力
忠心献给祖国
爱心献给社会
关心献给他人
孝心献给父母
信心留给自己
为我们的巍巍中华
铸就我们的绝美华章
巍巍中华
绝美华章

# 沧海之上

第一中学学生　胡贺卿

我是汪洋里的一艘小船，
迷茫、彷徨地在海上漂荡。
某一刻，我看见了一束光，来自未知的远方。
这不是阳光，却是那样温柔、明亮。
这不是虹光，却是那样绚烂、美妙。
这不是月光，却照进我的内心深处，
那么恬静，那么暖心，那么美好。
这光，似希冀之光，吸引着我，让我心驰神往；
这光，似神圣之光，吸引着我，让我几近痴狂；
这光，就在那地平线处，
似乎近在咫尺，又遥不可及。
顷刻，我决定——
我要成为追光之人，扬帆起航！

我支起崭新的桅杆，
我扬起尘封的船帆。
追光便是我的梦想，
向着那光，不惧风浪！

我知道追光的艰难,
我了解旅程的漫长。
看,那不远的海面上,
没了狂鲨,来了风暴;
停了骤雨,兴了巨浪;
我镇定自若,忙而不慌,
怕什么,光将赐予我力量!
向着那光,心无杂念!
向着那光,劈波斩浪!
就是这样奋斗,追光。不知过了几个春秋冬夏;
不知经历了多少酸甜苦辣;
就是这样拼搏,挣扎。某一刻,我蓦然回首,
寻不到,梦开始的地方,
算不出,追光多久。
是啊,没有什么是不可能的,
我的位置是旧我永不可能到达的地方。
追光,使我如星辰闪亮。
光啊,当你回首远望,
我就在你的后方。
追光之人,沧海之上。

# 眼　睛

第一中学学生　张志佳

站在子弹填平的废墟上
我望进你的眼里，那是一双含着泪的眼
你弱小无助、任人宰割
留住的只有破碎的土地
和低低垂下的旗
你深刻地认识到
只有推翻束缚的枷锁
才能拯救自己
于是，你停止了哭泣

站在开国典礼的人潮中
我望进你的眼里，那是一双带着笑的眼
你摇摇晃晃地站起来
肩上背负着崭新的羽翼
抛开过去的记忆
你要世界看见
新中国的成立

渐渐地
改革开放的春风引领你
走出成立初期的经济低迷
站在高楼林立的城市中
我望进你的眼里，那是一双闪着光的眼
你早已拥有了伟岸的躯体
强壮的四肢
你的语言遍布各地
你的文化流传万里
人民幸福、社会繁荣
这才是属于你的盛世！
五星红旗
高高升起！

你是谁？
你是千千万万开拓进取的中华儿女
永远带着生生不息、蓬勃发展的朝气
我敬你，爱你
并决心
努力成为你！